U0093698

焚圖記
司馬中原 著

焚圖記

目錄

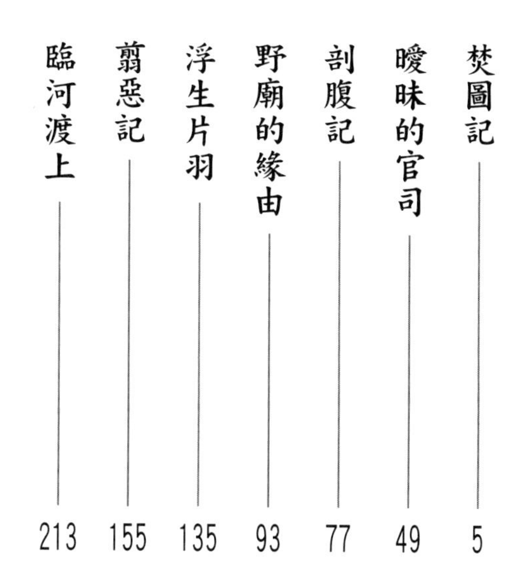

焚圖記

「但使龍城飛將在，不教胡馬渡陰山！」

楔子

你先點起燭火來，讓夜色更幽黯一點；這一頁落在歷史之外的民間故事，也邈遠得有些褪色了。它稀奇的情境，被嵌在歷史的壁面上，但它不是歷史，只是野叟們輾轉相傳的流言，亦真亦幻，似幻疑真，你既是聽故事的人，又何必去苦苦追究呢？

傳說在清代，有一位癖好收藏古玩字畫的儒士，也在這樣搖曳的燭光下，對著他的三數知己，展開兩幅卷軸來，先展開的這幅長卷，有三幅圖像相接相啣。第一幅圖上，現出漠漠的平沙，斑斑的衰草，風急，雲黃，一片大漠窮秋寒草衰的蕭條景色，襯映出遠處地稜間凸湧的城樓，以及雁翅般展延的城齒，一瓦刺兵立在一座土阜上，仰首吹角，無數瓦刺兵便揮動番刀，催著怒馬，疾滾而前，去攻撲那座城關；馬後的步隊蟻湧著，揚起迷眼的塵沙，有的端著銳矛，有的扯著弓箭，那許多鐵質的兵器，在斜陽的餘暉裡，炫映出一種近乎淒涼的光彩，一支蛇矛清楚的前探著，彷彿渴盼在一剎後吸飲人血的魔蛇。

依嶺盤曲的城堡，遍插著大明朝邊衛軍的旗幟。邊衛軍的守卒，林立城堞間，嚴陣以待；有的抬上弩機，有的搬運著滾木雷石。面對著蜂湧而至的瓦剌軍，以及無數面被疾風捲盪的、鑲有貂尾的瓦剌軍旗，默立著。

在城樓正中更立著一位身材壯碩、盔甲鮮明的將軍，按劍待敵，棗色的臉額間，露出沉凝肅穆的神情……關額間橫嵌一方巨石，「殺虎口」三字，經風砂長年剝蝕，已隱約的看不分明了。但題署的字跡，在業已變褐色的卷角仍然清晰可辨，上題：「將軍待敵圖」，並引一節唐詩代贊，那是：

「大漠窮秋寒草衰，孤城日落鬥兵稀，身當恩遇常輕敵，力盡關山未解圍。」

落款是：「大明正統十四年聞土木之變後京師李十郎泣繪，妻孟紫菡題。」

接著展現的另一幅圖景，題名是「禦邊血戰圖」。畫面上呈現的，仍然是晉西北邊城要隘殺虎口的城樓，儘管城上矢石紛墜，其密如雨，但蠻悍瘋狂的瓦剌軍，仍然爭架雲梯，冒險攀城，並以長矛鏢射守軍，一時血光崩現，雙方屍積如山，激烈情狀，不可言表。前圖的那位將軍，披髮切齒，血染戰袍，在擂鼓聲中，砍劈一瓦剌躍登城樓的健卒倒地。城堞較遠處，血戰方酣，瓦剌軍呈不支狀，雲梯倒地，殘旗棄於血泊，散轠馬群，拖屍奔突，潰卒曳兵四散，幾不成軍……。

第三幅圖景展現夜暗莽原，前圖的那位將軍，率眾開關，馳騎襲敵，於瓦剌大軍圍困中，身中七箭，猶端坐馬背，揮劍狂呼，其馬前馬後，旋風疾捲，將軍頭盔爲一勁矢所貫，飛騰半空，他鬚髮倒豎，雙睛凸露，鮮血湧溢於口鼻間，威猛猙獰，而其周圍，瓦剌軍蝟集，舉長矛成陣，均不敢稍近其身。

這幅圖除題名爲「帶箭殺敵圖」外，並有李妻孟紫菡題記說：

「公宣姓，字如龍，世爲軍籍，防守邊塞，禦寇有功，升任右玉守備，率軍扼殺虎口要隘。英廟正統十四年，閹寺弄權，嬖倖當朝；瓦剌寇酋也先，趁機窺瞥中原，將寇軍十餘萬眾，四路入侵。宦奴王振，蠱帝親征，駕次大同，因宣化告急而返。瓦剌重兵出陰山，直薄殺虎口。宣公身沐國恩，守土有責，乃盡集一衛之兵，力扼要隘，作卵石之敵。捨死無他，衛邊土，保帝駕也。奈其副將林青，臨危見棄，開關引寇，宣公於城破時，自引勁騎突入敵陣，竟夜搏殺，身中七矢，猶揮劍殺賊，噴血狂呼天祐大明，嗚呼！感人忠烈，盡化悲風！設殺虎口未破，何來土木之變，使英廟蒙塵?!一將之折，足以崩天，此是謂也。薊州孟紫菡泣紀。」

在秋夜的嘆喟聲裡，捲藏起這幅圖來，你讀完孟紫菡的題記，對圖中的情狀，也該明白個大概了。明英宗正統十四年，也先入寇，英宗聽宦官王振的慫恿，發大軍五十萬眾，御駕親征，軍次大同，因敵情不明，中途折返，也先破殺虎口，揮軍追擊，至土木堡，大破明軍，擄英宗，俘王振，這些事蹟，都記載在史頁上，爲人所熟知。但殺虎口

一役，守備宣如龍壯烈殉國，看樣子，只有這幅長卷上，留下這點兒形象和這點兒記載了。

儒士接著展開另一幅卷軸，也是一幅長卷，由三幅圖景相接相連著，不過，畫的本身明顯的遭過火劫，圖景的大部份全已燒殘了，只留下一些零碎的景象……畫裡也有一位將軍，白臉無鬚，端坐在一座帳幕裡，胸前插著一把韃靼人習用的彎刀，另兩幅圖，連這點殘賸的影子也見不著了。題記原是有的，也燒成褐黑色，難辨字跡，但落款仍署的是京師李十郎和薊州孟紫菡的名字。證其年月，知道這三幅圖，是跟前卷那三幅圖同一天繪成的，而那個被韃靼人彎刀貫腹的白臉將軍，就是傳說中開關引寇的副將林青……。

在這幅圖的圖角上，另有著一行草書字跡，一眼就看得出為另一人所書，上面寫著：

「十郎迂儒也，同爲實事，何用焚圖？後之視今，一如今之視昔否？姑存其殘跡，質諸後世可也！」

題署這行字的人，竟然會是被韃靼人彎刀貫腹的殺虎口守關副將林青，——他死在李十郎繪此圖之前半個多月的光景，也就是說，那行字是鬼魂寫的。

儒士彈彈燭芯，講起那邈遠的傳說來。

夜雨蕭蕭的落著，沁人的寒意透窗而入，有人弄琴別室，叮咚斷續，不成曲調。儘管那傳說代代衍傳，到今天已有幾百年之久了，當我對著搖曳的燭火，爲你重新述說時，我耳邊彷佛仍能聽得見那不成曲調的琴聲呢！

盤石嶺下之一

盤石嶺迤邐著，相對迤邐的是蟠結的長城；紅河從嶺腳向西北流過去，流經屯兵的牧馬營，再流向口外去；紅河交叉的手臂上，是長城險要的城關——殺虎口。紅河與大黑河一樣，是兩條特異的河，它不循水向東流的慣例，反流向河套去。這兒孕育出的邊將和邊兵，也是頭角崢嶸的。殺虎口統兵的守將宣如龍，就是這麼一個有風骨的將軍。連當朝的鐵漢——兵部侍郎于謙，都推許他力抗瓦剌的戰績，給他「勇毅沉著，知兵善戰」的評語。

而宣如龍不過是隸屬於九邊重鎮之一——大同鎮轄下的右玉守備，僅僅統率著一衛駐屯在當地的戍邊軍。他常冒著迷眼的風沙，按劍登城，神情肅穆的極目北望，即使戰馬不嘯，伐鼓未鳴，他心裡卻凝重得有如壓著一塊積霜的冷石。

殺虎口在長城一線上，雖僅是一座小小的關隘，但它的形勢實在太險要了。平野的

那邊，險巇的陰山橫亙著，山下就是瓦剌的重鎮西涼城，斜向西北，更有和林格爾與托克托，那都是瓦剌的牧地。誰也不會比他更清楚，崛起大漠西部的瓦剌，在短短數年間，吞併了韃靼阿魯台原有的領地，盡有大漠南北。瓦剌老酋長脫歡之子也先，是個兇悍難纏的人物，他曾親率大軍，東服兀良哈，大破女真，又西討哈密國，威凌西域各部。瓦剌是在寇酋也先的手裡興起來了，版圖之大，前所未有。他的大陣馬群，直壓向各處邊關，尤獨是殺虎口這座城關，是瓦剌亟欲拔除的眼中釘，早晚他們會來的。

這可不再是緬懷慨嘆的時候，宣如龍還記得成廟老皇爺駕崩前，大明朝赫赫的邊威，如今禦寇的長城，和東西縱走的重牆（內長城，又稱次邊。），全都是在老皇爺手上建起來的，又一手開設了九邊重鎮，分駐戍邊的屯軍，兵是兵，將是將，有幾個朝代能比得上？……當初老皇爺遷都北上，以天子守邊，前後五次親征漠北，挫韃靼，敗瓦剌，使阿魯台終生受制，那種驚天動地的氣魄，業已隨著歲月的流轉，逐漸消逝了。如今，千里邊塞，烽火不息，倒不是戍邊軍勢單力薄，而是各有汛地，缺少呼應，又拿不準瓦剌的大軍究竟攻撲哪兒？主動權一旦操之敵手，各處關隘，便都自感單薄了。

「若想靖邊，只有一個法子！」他跟他的好友，——右玉縣的李縣丞說過：「要是朝廷能讓于大人統率五軍，開關出塞，跟瓦剌大軍決戰漠上，艱危的邊勢，真是一戰可安！」

「宣兄，你這只是一廂情願的想法，」李縣丞嘆口氣，寂寂的苦笑著：「你可曉得？兵部侍郎于大人，如今保住這塊牌子沒摘掉，哪還談得上引軍出塞？他若是有機會和也先決戰，一戰成功，會擠得正在得勢的太監王振站不住腳。王振那個老閹奴，哪會讓他有這種機會？……就算有一天，王振慫恿英廟御駕親征，他也會自己隨駕，把功勞記在他自己頭上，到那時，只怕于大人連一塊空招牌也掛不成了！」

「不要跟我說這些了！」宣如龍鎖緊雙眉說：「我不耐煩聽京師的那些事情，我們做武人，食皇朝俸祿，只要日夜操兵練勇，拚死保住這道關口，求個心安理得就成了！你我處身邊地，官卑職小，何必豎起兩耳，把煩惱朝心裡灌呢?!……再說，李兄，這些話，也只有咱們在私下說說，邊地哪一個衛所，沒有閹寺的耳目？他們只是沒有在京師那麼囂張罷了！」

李縣丞聽著，把一心的悲憤化成了嘿嘿的笑聲：

「知交談論，若再不見性情，那可不把咱們悶死?!說實在話，這兩年裡，打京師逃來的人，在你汎地上投屯落戶的不在少數，除了你宣大人敢用雙肩硬頂著，換旁的參將游擊，千總把總，誰有那樣的膽子？」

「邊地有邊地的好處。」宣如龍自寬自慰的：「即使京師裡廠衛相結，鎮撫司以緝捕治獄為能事，他們對邊鎮仍是鞭長莫及；至少，咱們還有戰死沙場、報國盡忠的機會，不

至於蒙冤下獄，受閹寺鷹犬的淩虐！」

「這話說得好，不過……」李縣丞說：「不過，這幾天裡鎮撫司卻有專差到了右玉，說是要追緝要犯，也許很快就會查到你的軍屯去了。」

「什麼樣的要犯？會遁到這麼邊遠的地方來呢？」宣如龍詫異起來；因爲像鎮撫司這種使人聞名驚懼的衙門，一向難得到邊鎮來，這回他們竟然派出了專差訪拿人犯，可見案情非常緊要了。「李兄，你聽說過是什麼樣的案子嗎？」

「我也只約略聽說，這回他們訪拿的是李十郎夫婦。李十郎原是京師出名的畫師，專繪人像的，李妻孟紫菡，精文墨，善詩詞，常替十郎所繪的人像作贊。」

聽了這話，宣如龍吐了一口氣：

「我弄不懂，畫師李十郎夫婦，怎會變成廠衛捕拿的要犯?!」

「還不是開罪了那位權勢炙人的王公公，」李縣丞說：「聽說王振久慕李十郎夫婦的名氣，著人去召喚他們，要李十郎爲他繪像作贊。李十郎當時答應了，回去之後，夫妻倆一商量，認爲王振閹奴迫害忠良，欺君罔上，劣跡昭彰，畫師雖不是史家，一樣舉筆春秋，決不能迫於權勢，顛倒黑白，當夜夫妻倆就收拾細軟，逃離了京師。王振透過東廠和錦衣衛，密令緝拿，據說李十郎夫妻是逃到這一帶來了！」

「哼！」宣如龍冷哼一聲說：「這真是名符其實的小題大做，天底下的畫師多得很，見錢眼開的，見利忘義的，在在都有，他爲什麼單要苦苦威迫李十郎夫妻呢？」

「事情不是很明白嗎？」李縣丞說：「正因爲李十郎有風骨，重氣節，巨筆如椽，有了他夫婦的題署，不難傳諸久遠。誰知李十郎竟敢拒繪此圖，使得那位王公公惱羞成怒了！」

「十郎先生真是個好漢子，」宣如龍沉重的說：「鐵肩擔道義，可要比馬芈裏屍更難！他若真避到這兒來，咱們拚了這條命，也得盡力維護他！」

日子匆匆過去，沒有聽到李十郎夫婦的消息。鎭撫司派到右玉縣來的專差，在各處轉了一圈兒，聽傳說也先大軍業已引出狼山，外三關所屬各隘口紛紛告急，他們嚇破了膽子，回到大同去了。

宣如龍召聚轄下的副將林青，商議怎樣禦敵？林青搖著頭嗟嘆說：

「長城一線，關隘多，兵力薄，各都司衛所，守土有責，互不能援，而攻撲之權，操諸敵手；瓦剌馬群飄忽，出沒無定，邊關坐困待敵，決不是辦法。」

「情勢如此，嗟嘆無益，」宣如龍沉痛的說：「如今瓦剌犯境，如箭在弦，我們無論處境艱困到什麼程度，也得捨命盡力……。我早就料算過，也先的哨馬壓迫各處關隘，那全是障眼法，想淆亂視聽，使人弄不清他的大軍究竟從何處破關？事實上，我敢斷言他必攻殺虎口！」

林青臉色微變，戰慄的說：

「假如真的這樣，咱們非得向京師請援不可！甭說右玉的標兵和塞上的屯卒不足應付，就是大同全鎮的軍力聚合起來，也決擋不住也先數十萬驍騎勁卒！」

「十萬火急的文書，早就進了京，」宣如龍說：「咱們能等著遠水救近火？何況那些文書，能不能促使京裡發兵都在未定之天，這是不必指望的了！」

「這樣吧，」林青沉吟半晌說：「您自率步卒守關隘，屬下仍領馬軍，屯駐馬營，萬一瓦剌破關，咱們還可退守盤石嶺險地待援，暫擋也先西進。」

「但願如此！」宣如龍說：「關內的萬千黎庶，全靠著咱們這道堅壁翼護，只要咱們有一口氣在，何忍使他們顛沛流離，……如今只怕瓦剌軍不經殺虎口，逕破別處關隘，那，咱們可就無能為力了！」

這樣的談論，結束在悲壯的黯然裡。

雁陣越過高天，大陣的飛向南方去，轉急的秋風以驃勁之勢，掃揚起後套一帶的黃沙，撲打著依山蜿曲的長城，塞上的秋天夠荒涼的。局勢緊張得久了，反而變成一種迫人呼吸的沉悶，也先究竟會在何時進犯何處？變成各屯處屯戶們反覆的話題。遊牧的瓦剌人在整個長城一線出現著，這些飄忽的牧者，也就是瓦剌大軍的前哨，他們有足夠的戰馬、軍器，胡笳和一應攻城的用具。

守將宣如龍不理會這些，因為他斷定瓦剌必攻殺虎口，早把屯軍召齊了，分由千總把總統帶著，竟日操練，更把右玉的標兵聚合起來，讓他們守禦城牆。長城之內，各個世隸軍籍的屯戶村落，多年來，飽積禦寇的經驗，加上對守備宣大人勇猛善戰深具信心，故多能臨變不驚，誓作他們子弟兵——屯軍的後盾。而一般的邊民、商賈，眼見風雲緊急，全已紛紛向內地逃避了。

這時候，宣如龍的知友李縣丞到了關上。

「邊鎮大同府有人帶來消息，說是京師就在早晚要起兵了！」李縣丞說：「老皇爺五次北征，雖說時過境遷，但餘威尚在，我相信，只要京師的大軍一發，也先就會聞風北竄的！」

「嘿嘿嘿……」宣如龍豪情湧動，聽了這話，不禁掀髯大笑起來：「這該輪到我這武將笑你這文官了！你沒想想，寇酋也先是何等人物？咱們京師的虛實，他瞭如指掌，于公既不能掛帥，還有誰知兵?!也許瓦剌軍就等著京師發兵，他們好出兵奇襲呢！」

「照這麼說來，咱們還有什麼好倚仗的？」

宣如龍拍著胸前的甲衣說：

「形勢如此，只好倚仗咱們這一腔子的熱血了！」

李縣丞點著頭，欣慰的說：

「難得有你宣大人這樣的武將，但願能浴血退敵，保全這一方疆土。可惜那位名動京師的大畫師李十郎沒在這兒，要不然，他定會把你的事蹟畫下來，傳諸久遠的了！俗說：疾風知勁草，板蕩識忠臣。也先這次寇邊，正是做武將的建功立業的時候！」

「如今疾風沒起，您這話實在說得太早了一點。」宣如龍微笑說：「武人持節，最後方知，話又說回來，詩云：相看白刃血紛紛，死節從來豈顧勳?!即使盡忠心，成大義，求仁得仁，我也不介意十郎先生作畫流傳，史上的忠烈先賢，我哪兒敢比？」

「好！」李縣丞說：「越是謙虛，越見氣度，等我訪著李十郎夫婦，這宗事我會辦的！你一笑置之可也！」

「若不一笑置之，難道要我這區區武弁，也去學恬不知恥的王振嗎？」

兩人這樣說著，全禁不住的哄然大笑起來。

盤石嶺下之二

盤石嶺下的河灣上，有一個村落，當地居民管它叫百家屯子。屯裡住著的，全是關內各地逃來的流民和一些開罪內府、發配充軍的人犯。不過，在宣如龍的汎地上，對待他們極爲寬厚，任他們墾拓荒田，牧養牲畜，或是從事漁獵自給，也有少數孱弱的，去馬營照料馬匹，這些看馬的老伕役們，經常把一些風風雨雨的傳聞帶到屯子裡來，使人們紛紛的議論著。

議論總是沒有結果的，誰也不知道瓦剌何時會撲打哪一處關隘？左雲和右玉兩個縣份裡，能逃的全逃了，縣城裡家家關門閉戶，幾乎變成了鬼市。他們恐怕一旦瓦剌破關，會恁情燒殺、大肆擄掠。但接著又聽人傳說，說是京師業已調發五十萬大軍，要出塞征討作亂的瓦剌了。

消息確是令人振奮的，引出居庸關的大軍，由英廟御駕統領，這是像當年戍廟老皇爺一樣，御駕親征，使人閉上眼也能想見那迤邐百里的旌旗。

馬營裡的老伕役劉恭五，不知在哪兒喝了幾盅酒，醉裡馬虎的笑著跑出屯子，到山邊一座土屋裡去，一時沒拿穩腳步，一跤摔在一塊臥石上，跌掉了兩顆門牙，但他仍然朝土屋裡叫喊著：

「李大爺，李大爺，這可好了，您不用再逃了！」

隨著劉恭五的叫喚，土屋裡走出一個穿著粗布衣裳的文士來，他瞇眼望著劉恭五說：

「老劉，你究竟怎麼啦？滿嘴全是血。」

劉恭五舐著跌腫的嘴唇，咿咿唔唔的說：

「李大爺，聽說京師裡發了幾十萬人馬，業已出了居庸關朝西來啦，這麼一來，瓦剌怕不望風而逃嗎？……得著這消息，我跌掉兩顆門牙也不算什麼了！」

李十郎默默的點了點頭：

「不錯，這真該算是大好的消息，假如京師的大軍能及時趕至，免去瓦剌破關燒殺，也是這一方有福，……我們這些人，遇上大亂，還能再朝哪兒逃呢？」

老伕役忍住牙疼，又說：

「您還不知道，這回英廟的御駕也出了關，督師親征，說不定會把也先逐出西狼山，到那時，咱們也好多撿幾年的太平日子過了！」

「嗯，太平?!……」李十郎沉吟著。

京師該算夠太平的了，而那種日月並不好過，足見國泰必得使民安才成；而宦官王振隻手遮天，貶黜忠良，凡是剛正不阿之士，人人自危，不用說當朝人物，就連自己夫妻倆竟也爲一幅畫像惹下大禍，亡命到邊塞來，這一路的勞頓艱辛，簡直是不堪回首了！所幸百家屯子裡，有幾個被貶謫的京師舊友，能冒險協助，使自己暫時在這兒安頓下來，閹勢不消，回京無望，一個人想過太平日月，實在太難了。

目送著老伕役劉恭五的背影遠去，畫師李十郎踱回土屋裡來，嘴裡仍自言自語的喃喃著。京師發兵禦寇的消息傳自馬營，想來不會是假的。英廟御駕出關，宦官王振和廠衛的武閹必定紛起相隨，上直衛的親軍護駕，神機三大營和五軍盡出，這豈是王振能駕御得了的，他一味爭功，蠱惑皇上涉險，未免把瓦剌太看輕了！自己不是武人，不諳韜略，如今時季業已臨到秋天了，大軍發向八月即飛雪的胡天，若無知兵之將，怎能擒服慣於嚴寒霜雪的瓦剌？無論如何，兵部于大人是沒有領兵機會的，英廟這次親征，是禍？是福？說來都還在未定之天。而王振藉機綰握兵符，一旦兵臨邊土，若干不肯諂附的守正之士，又將重入牢籠了！

他把心裡的憂煩，說給他的妻子孟紫菡聽，孟紫菡停住縫綴說：

「相公，畫筆雖非史筆，同樣可見春秋，我們費盡心機，捱過千辛萬苦逃出來，恁情埋骨邊荒，再也不打算重回京師了，還有什麼可煩的呢？」

「嗨！」李十郎嘆說：「感時憂國，人之常情，我們拒爲閹奴王振作畫頌美，這回萬一再落到他爪牙的手上，又該怎樣區處？」

「不會的。」孟紫菡端容說：「不管是瓦剌破關也好，廠衛捕緝也好，我寧願隨著相公殉身保住氣節，也不願顛倒黑白，諂附頌美。既有這樣的打算，死活都會心安，不是嗎？」

「說來還是妳想得開看得透。」做丈夫的說：「妻賢如此，我還有什麼可慮的呢！這回瓦剌蓄意犯邊，正是辨識忠奸的時辰，咱們若是歷劫不死，也好洗妥畫筆，替青史

上留下幾個人物！」

隨著緊張的日子，各處的消息不斷傳到屯裡來；京師調發的大軍，業已越過宣化直指陽和，不須多少日子，就可抵達大同了。而塞外的瓦剌軍並無聞風遁逃的跡象，反而分兵數路，撲打長城沿線的各處隘口，使人摸不清對方的重兵究竟屯在哪兒？究竟會從何處破關突入？這時候，盤石嶺一帶，顯出了許多使人震駭的異象。最先是晚霞火熾，把天上地下全燒得透紅，百家屯裡有些老年人瞧著這種光景，都說是燒天火，主兵凶，殺虎口不久必有血戰。緊接著，夜有大星拖著長長的光尾，從東南斜向西北，墜落向殺虎口外的沙原。屯子裡群犬驚吠，聲如狼嚎，連李十郎夫婦，也覺著這是不吉的預兆，邊塞這一帶地方，怕要遭大劫了。

隔河的馬營，更傳出好些令人駭怪的事情來；那些久經調教的戰馬，常在夜深人靜的時辰發出驚嘶，有一回，更像著魔般的，一匹又一匹掙斷韁繩，衝毀馬欄，沿河像擂鼓似的狂奔。據看管馬匹的伕役說，平素戰馬深夜常發驚嘶的事偶爾也有過，但從沒有齊聲鼓噪，彷彿見著了什麼怪物?!

緊接著馬驚之後，馬營北邊的地面生出幾里長的地裂子來，裂隙有好幾寸寬，其深無底，地隙間不斷的騰出白白的煙霧。馬營的兵勇說，地裂生煙前的那夜，他們聽見地心傳出一陣陣鼓響，俗傳那是響銅鼓，動干戈的兆示。這還不怎麼樣，最怪的是夜深時，遍地冒出紫色的鬼火來，無數團鬼火，並不像平常的綠色鬼火那樣隨風飛滾，它們是穩穩的貼在地面上，一遇著巡查過路的人，便發出吱吱的叫聲，直朝半空裡騰跳，那種聲勢，真能嚇破人膽，使人連叫都叫不出聲來。

這些傳言帶到百家屯子裡，即使平素膽氣豪壯的，也有些驚駭了。有人主張不妨捲起行李，到旁邊去避亂；有人猶豫著，壓根兒拿不定主意；有人以爲京師的大軍業已趨近大同，暫時還是守在原地爲宜，拖家帶眷的流離道途也不是個辦法。只有李十郎說：

「就算大亂將作，劫難臨頭，咱們也不能光爲自己打算，日夜費心於本身的安危進退！……宣公是個肯捨死的硬漢子，他率兵穩扼著殺虎口關隘，咱們雖不知兵，多少也能運運糧，送送草，打些雜活，哪興在臨危的辰光離他而去?!諸位要走的儘管走，我夫妻倆是絕不離屯的了！」

「李大爺說的是，」老伕役劉恭五說：「民心跟士氣，就像骨頭跟筋肉一樣，是扯著連著分不開的。殺虎口不破，百家屯平安無事，殺虎口要是有了險失，諸位的兩腿總快不過瓦剌的馬群，逃又能逃到哪兒去？」

李十郎和劉恭五的一番話，使屯子裡的人很受感動，一個個攘臂憤呼著，願意留下來作邊軍的後盾。因爲他們也深信著，京師的大軍很快就會開拔過來，適時阻住瓦剌的。誰知大軍始終不見影子，最後聽人傳講，說是京師那幾十萬大軍，軍行極緩，耗費

近月的時辰，剛抵大同，糧草不足，敵情不明，聽信謠傳說是也先將率軍截斷他們的歸路，便倉皇經原路撤回去了！邊地的居民日夜翹首望大軍，誰知卻盼到這樣的結果？

消息傳來，無異是晴天霹靂，使李十郎目瞪口呆，他捏緊拳頭跟孟紫菡說：

「大軍如此，直如兒戲，看樣子，殺虎口這一場劫難，終究是難免的了！」

他把臉轉望到窗外去，他緊鎖的眉頭上，壓著盤石嶺肅殺的山容。也就在那一天的傍晚，伐鼓怒鳴著，瓦剌的重兵屯列在殺虎口外的沙原上，也先著番兵用飛箭射書，逼令守將宣如龍開關獻降，宣如龍也射書番營，題詩說是：羞爲獻降將，誓作斷頭人……於是，血戰便展開了！

而盤石嶺下的百家屯子裡，住民們並不知道這些，只知道隔河的馬營寂然無聲，林青副將所統的馬軍，正等待廝殺。

驚魂之夜

日子是漆黑又悶塞的，困在百家屯子裡的住戶，連消息也很難聽得著了。也先統率的瓦剌大軍，同時攻撲晉北長城各隘口，右玉西南的水泉營、白狼溝、大河堡，殺虎口東邊的得勝口、廖家堡，全被瓦剌的前鋒一舉摧破，蜂湧燒殺過來。各關隘當中，唯有宣如龍扼守的殺虎口，在瓦刺軍滔滔滾湧的洪流裡屹立著，像一塊激起浪花的岩石。

宣如龍這樣的硬抗敵軍，使也先酋長暴怒起來，授命偏將雅不帖兒，率近萬驍騎，外加兩萬步軍健卒，從四面圍壓，使右玉縣城和馬營的守軍和地方衙門，全退到殺虎口一線，然後重重圍困，反覆攻撲，好像不盡殲這支邊軍不能洩憤的樣子。

百家屯這種漆黑沉悶的日子，終於被一隊瓦刺兵的闖入打破了；那夜，山缺間的月亮打黑箍，月光異樣的森冷，望進人眼，不由人不滿心發寒，屯裡的居民都隔河遙看過瓦刺軍夜襲馬營的情形，那種搖曳的火把，潑響的馬蹄聲，野蠻的叫喊，使黑夜滾沸著。屯軍的馬隊終究太單薄，撐持不久便撤向殺虎口去，那一大片馬棚子，全被瓦刺軍縱火焚光。瓦刺軍攻撲馬營之後，百家屯的住戶就料到對方早晚會來屯裡肆虐，朝遠處逃是無能為力了，他們只有挖掘地窖，或是躲藏到盤石嶺的僻處去，等黑夜來臨，再悄悄的溜回屯子找尋食物。誰知瓦刺兵早已窺伺著這個屯子，一隊舉著火把的騎兵，趁夜直撲進屯裡來了！

李十郎夫妻倆並沒離開他們的土屋，天黑時，兩人見著群犬吠月，心裡就怔忡的覺出會有事情發生，究竟還會有什麼事呢?!瓦刺兵業已摧破多處關隘，沿路燒殺向大同去了；殺虎口宣如龍這票人馬，變成被人四面圍撲的孤軍，掐指算來，已有半個多月了！百家屯子伏在荒落的山窩裡，僥倖避過瓦刺軍的竄擾，但沒人想到會避過這場劫難，若

說有事，也就是瓦剌攻陷殺虎口，或是闖來荼毒屯子吧？

過不久，屯裡有人疾奔出來，敲響他的門戶說：

「李大爺，您得趕緊避一避！瓦剌來了！」

聲音顯得那樣喘息而惶急，沒等李十郎拔閂開門，急速的腳步聲便朝山裡奔去。李十郎開門站出來一瞧，河灣那邊的遠處，火把啣著火把，瓦剌的騎兵正盤馬渡過搭在河面上的浮橋，朝屯子裡湧來。黯青裡帶著病黃色的月光，和無數噴吐黑煙的火把，染成奇異的夜色，那光景也落在河上，搖曳成曲折的倒影。

「殺虎口究竟怎樣了呢？」李十郎心裡嘀咕著。

打從京師的大軍中途折返，夫妻兩人就一直念著這個，這個關隘雖彈丸小地，但不屈不撓力抗也先的進犯，守將和邊卒，都已顯彰了大明朝武人的志節！即使在瓦剌重兵圍撲下，玉碎身殉，單就這份精神，也足以搖動瓦剌軍南犯的戰志。自己夫妻開罪閹宦，亡命邊關，若不靠宣如龍這位將軍硬頂硬抗，只怕早就被鎮撫司所遣的爪牙搜捕下獄了。不但是自己夫妻，就拿百家屯子來說，所住的，多是一代忠貞之士，換在旁人的汎地上，誰還有宣公這樣的鐵肩膀，敢承擔這付擔子？於公於私，他都不能不懸心殺虎口的安危。

但瓦剌騎兵撲進了屯子，立刻縱起火來，把東邊燒得血紅，屯裡還有些沒逃離的，被大火逐出宅子，便成爲瓦剌軍催馬追殺的對象。……他幾乎被這種景象驚呆了，若不是孟紫菡拖他進屋，他仍會呆站在那兒不知躲避；他們剛進屋掩上門，幾匹馬就哨過他們土屋前的彎路，朝西撲過去了。

「嗨，人說盛世詩書亂世刀，真有道理！」他感喟的說：「遇著這種亂局，我們眼看同屯的老弱橫遭瓦剌鐵騎踐踏，欲救無力，總不能拿著畫筆當成槍矛使啊！」

「如今空是感嘆也沒有用了！」孟紫菡說：「瓦剌也許就要來搜宅子，我們還是到河邊躲一躲吧！」

兩人用瓦盆遮擋，燃起小油盞來，說是收拾，其實也沒有什麼好收拾的，不過是一些書籍圖冊和一些畫具罷了，夫妻倆看重這些，直比性命還緊要得多。東西剛收拾妥當，忽然聽見有人輕輕的敲門。

「誰？」李十郎驚問說。

還會是誰呢？夫妻倆幾乎全以爲是瓦剌兵搜宅來了，唯一可疑的是敲門聲那麼輕，瓦剌兵不會這樣。

「請問這兒是十郎先生的寓處嗎？」門外的人說：「我是打殺虎口宣大人那兒來的，宣大人的好友，縣丞李老爺有封信，要我星夜趕來，捎給十郎先生。」

李縣丞？李十郎心想：這就怪了?!自己夫妻避到盤石嶺下來，根本沒敢驚動衙門裡

的朋友，免得日後替別人添惹麻煩，這李縣丞怎會知道自己住處的呢？不過，邊局混亂到這步田地，地方衙門決不會再趨炎附勢陷害自己，去博得宦官王振的歡心，再說，既是兵備宣大人的好友，必是個正直的人物，……想到這裡，大體是放了心，但不知有什麼樣的急事，漏夜著人送書？

「我就是李十郎，」他開開門對來人說：「縣丞李老爺跟我素昧平生，不知星夜送書找我，有什麼樣的急事？……剛剛瓦剌兵進屯縱火，亂得很，有話進來說吧！」

瓦盆半覆著的燄舌，實在黯淡得很，李十郎夫妻倆勉強看得出，來人穿著青衣，戴著小帽，臉孔瘦長尖削，蒼白帶青，幾無人色；那人進了屋，掩上門，朝李十郎納頭便拜說：

「十郎先生，小人是宣大人府裡的長隨，遵照縣丞李老爺的吩咐，一路躲避瓦剌兵，差點送掉性命，總算把這封信給帶到了！」

李十郎接過對方呈上的信札，並沒急著去看，卻先急切的問說：

「殺虎口被圍多天，情形怎樣？宣大人他……還好吧？在百家屯子裡，無人不掛念著。」

他這一問，可把那長隨問得哀泣起來。

「宣大人他……他業已爲國捐軀了！」那人泣說：「瓦剌軍越殺越多，關隘危急萬分，宣大人扼守城樓，身中數箭，仍率著銳騎殺出關去，瓦剌兵齊張大弩猛射他，他，就那樣去……了！……李老爺感於宣大人死事壯烈，著小人帶信來給十郎先生，去為宣大人畫影，但這一路上全是瓦剌兵，您這一去……？」

宣如龍將軍的死訊，使李十郎夫婦心頭如壓巨石，沉重得半晌說不出話來，那長隨一直在哀哀的啜泣著。

「你不用為我夫婦擔心！」李十郎看完信說：「宣公忠勇為國，力保孤城，這等烈士不去畫影，還該畫誰?!就煩你帶路，我夫婦立即動身，就是為此捨掉性命，也是值得！」

青衣的長隨千恩萬謝的叩了頭，帶領著李十郎夫婦出屋去。打黑箍的殘月還在天邊斜掛著，百家屯裡的大火燒過去，變成一片黯色的殘紅。天不知什麼時刻起了霧障，綠森森水濛濛的霧雰，在遠近飄浮著。

青衣人在前面撥著野蘆走，彎彎曲曲的，李十郎也迷失了方向，反正有他領路，也只好跟著他走就是了。不到一個時辰之前，瓦剌兵渡過浮橋闖進屯子，殺人縱火的情景還深烙在心裡，奇的是如今去為一個捨身報國的英雄去畫像，自己竟然一點兒也不駭懼了！

若說人活在世上還有些意味，意味正在這裡，明是非，分黑白，一切都經由自己的

良心判決。若果自己夫婦肯爲宦官王振畫像作贊，千金萬金，立即可致，而也用不著逃離京師，千里迢迢的跑到邊塞來，忍受這場劫難了。但人的良知不能滲進半分假，那種事，不幹就是不幹，偏要在瓦剌兵重重圍困之下，夤夜潛向殺虎口關隘，冒著生命危險，去替守將宣如龍畫像作贊，說來無他，自己夫妻一向重視做人的意味罷了！

驚魂之夜二

水霧飄浮著，那個瘦削的青衣人引著李十郎夫婦，一路撥著野蘆，曲曲折折的朝前行走；殘月落下去，天更黑得可怕了，密密的野蘆葉子，不斷的刮著人的手和臉，使人覺得像刀鋒劃過一般的疼痛。偶爾，有火光從黑暗裡亮起，亮火處飄來瓦剌兵野蠻的叫喊聲，更使人心驚膽裂，瑟縮屏息。

這樣辛苦的曲折蛇行了約莫一個更次，有幾回，差點就被搜查的瓦剌兵發現，所幸有驚無險，終於接近了那座久被圍困的城池。青衣人先自在護城河邊的草叢間伏下身來，朝李十郎夫婦打了個手勢，那意思是要他們跟著伏身等候。

夫婦倆挨過去伏下身，抬頭看過去，靠著地稜上極爲微弱的天光，可以隱約看出齒形的城堞的黑影，在高高凸起的城樓兩側翼展著。黑暗之中，見不著上面有任何動靜，寂然無聲，像是一座死城。

「這位大哥，咱們還在等著什麼？」李十郎悄聲對青衣人說：「趁著如今沒有瓦剌兵，咱們就該立即過去，叫開城門了。」

「不成。」青衣人說：「剛剛您沒聽見吹角？咱們的大隊人馬正在聚合，不一會兒，就要開關殺賊。咱們過去！若是撞上馬隊，準叫馬蹄踩扁，兩位得等著這陣兵馬過去再進關吧。」

李十郎側耳細聽，從死一般的靜寂裡，果然聽見一陣角聲，角聲是極遙遠又極微弱的，一縷細線般的，恍惚自地心被引發出來，散爲悲切之音，飄盪在濃霧裡，久久凝結著。孟紫菡也聽著了這種奇異的角聲了，她用冷冰冰的手，緊抓住她丈夫的手，掌心傳來一陣僵索，——她聽得出，這不像是人吹的角聲。

不俄頃間，更奇異的光景出現了；城樓上，城堞間，亮起無數吐黑煙的火把來，被水霧裹住的火光是一些閃著金紅芒刺的圓球，它們照亮了更多寂舉著的旗旛。城門打開了，一隊隊的兵勇踏過放下的吊橋，馬隊和步隊，秩序井然，但馬不嘶，人不語，一切的進行全沒有聲音。李十郎夫妻倆心底下分別納罕著，睜大兩眼，望著這些兵勇無聲無息的走入火光照不亮的夜暗裡去，那彷彿不是行走，而是在淡藍色的夜霧裡飄著。

這支無聲無息的隊伍，過了約莫一頓飯的功夫才過完，緊接著，又有許多難民模樣

的人，趁著吊橋還沒有扯起的時刻，成群結隊的朝城門那邊湧過去；青衣人站起身來朝李十郎夫婦一招手，李十郎夫婦倆，便恍惚不由自主似的，跟著他捲進人叢裡去。

在一陣恍恍惚惚的混亂當中，通過了有兵勇列崗的城門甬道，再一回頭，那兩扇厚重的城門早已嚴嚴的關上了。城裡的綠霧更濃，通街黑燈黑火的，見不著絲毫光亮，只有守城的熘火還隱約的輝亮著。

混亂中一轉眼，李十郎夫妻倆再也找不到那個引他們進城的青衣人了；一隊巡查的兵勇呼叱而來，那些剛湧進城門的難民，全匿遁到暗巷裡去了，孟紫菡牽著李十郎，也趁機溜進城腳邊的一條小巷。綠色的濃霧把人黏著，他們的腳步踏下去，那些濃霧便湧騰上來，帶著刺鼻的腥氣，——一種看不見的，血的氣味。

兩人沿著城腳邊荒草沒膝的小徑朝深處走，這一帶低矮的石屋全是關門閉戶，不聞人聲，不見人影，顯出異常的荒落。按理說，在這座被圍攻已久的邊塞上，近城的地方應該有人麇集的，怎麼走了好一段路，連個人影兒也見不著呢？

「青衣人跟咱們走失了，」李十郎說：「哪兒是宣爺的仕處？天這麼黑法兒，亂摸總是不成的，得找個人問問路才好。」

「是啊！」孟紫菡打著寒噤說：「這兒越走越陰森，實在怕人。適才巡兵過來，咱們就該迎上去問路，離了大街走僻巷，才真不是辦法呢。」

兩人停住腳，正在竊竊商議著，那邊的廊影下，響起一陣嘶啞的蒼老的咳嗽聲，接著，那個蒼老的聲音帶著幾分猶疑，問說：

「三更半夜的，誰還站在外頭？瓦剌兵一陣亂箭射過來，人就變成刺蝟了！」

「對不住，老大爺，」李十郎說：「咱們是打盤石嶺下的百家屯子來的，您知道宣大人的住處在什麼地方？敢煩您指條路。」

「不成，」那個蒼老的聲音說：「如今是夜禁的時辰，到處都是巡兵，你們往哪兒走全走不通，尤獨你們兩個是外地來的，若被當成瓦剌兵的奸細，那，連性命也保不住了！」

「可是，我們有急事要到宣大人那兒去，」孟紫菡說：「您還是替我們指條路吧！」

「你們聽！」那個老頭兒走出來，扯扯兩人的衣袖說：「巡兵查夜來了！你們快跟我進屋躲一躲，再有急事，也得等到明天再說。」

巡夜者雜沓的腳步聲使李十郎別無選擇，那老頭兒的話確有些道理，夤夜不入宅，在街巷裡游蕩，遇上粗鹵的兵卒，也許不容你有分辯的機會，就會揮刀砍人。老人既這樣好心關顧，那就隨他進屋躲上一夜再說。

兩人跟著那老頭兒，在巡兵腳步聲追迫之下，拐彎抹角的又走了一段路，那老頭兒

伸手推開一扇門，便把兩人給帶進漆黑無光的屋裡來了。

那老頭兒闔妥門戶，打火燃上了油燈，燄舌飄搖著轉旺，照亮了這間古老簡陋的石屋；屋頂上黑沉沉的泛著煙黃，四壁也空蕩無物，壁角間留著雨跡，以及黏著灰塵的蛛網，屋裡有一張木榻，一方木桌和幾條長凳。

那老人對著李十郎夫婦央說：

「兩位先請坐下歇會兒，待老朽去燒些熱茶水來給兩位潤喉。」

李十郎剛解下盛裝畫具的包裹放在桌角上，外面業已響起乒乓擂門的聲音。那老頭兒一聽，臉色突然一變，悄聲對李十郎說：

「宣大人有令，凡本城住戶，一律不准收留外間行跡不明的人。剛才老朽領兩位過來時，準是被巡夜的兵勇覺察了，兩位最好暫時委屈些，在床下躲躲，等老朽來應付他們。」

兩人無法，只好匆促的鑽進床下去。擂門聲更急，那老頭兒還沒來得及去開門，就聽轟然一聲，巡夜的官兵業已破門而入。李十郎偷眼朝外看，從床肚的橫向縫隙裡，只能看得見一列軍靴、槍桿和斜懸的刀尖。

「對不住，老大爺。」一個哨官的聲音溫而不火的說：「適才咱們發現巷裡有幾條可疑的黑影，一路匿遁過來，敢問您這兒有沒有外來的客人？」

「回哨官大人，」那老頭兒陪笑說：「老朽曉得宣大人的規章，這兒不敢收留外來的客人……。」

「慢著。」那哨官剛要轉身，忽然又轉了回來，撿起桌角的那個包裹說：「這包裹是哪兒來的?!替我搜！」

不顧那老頭兒的懇求，幾個兵勇便動手查房，不一刹功夫，便把李十郎夫婦從床下架了出來。那哨官用明晃晃的單刀指著李十郎問說：

「你們是打哪兒來的?為什麼黃夜逗留城下?」

「我是京師的畫師李十郎，」李十郎說：「這是賤內孟紫菡。我們因開罪宦官，逃離京師，托庇在宣大人的汎地上，暫借盤石嶺的百家屯子安身。昨夜瓦剌馬隊燒殺屯子，宣公府裡有人菈舍投書，說是縣丞李老爺要我夫婦趕來替宣公作畫的。」

「我丈夫說的全是實話，」孟紫菡說：「這兒是縣丞李老爺的親筆函件，呈請您過目。」

那哨官接過書信一看，急忙長揖到地說：

「原來是名動京師的十郎先生，適才粗鹵冒犯，罪過，罪過。我們宣公以孤軍力抗瓦刺，不幸為副將林青所賣，中箭踹陣，力盡而死，我們早就渴望十郎先生來為宣公作畫了！敢煩先生立即動身，小人護送。」

「好吧。」李十郎理理袍袖說：「天色昏暗，路徑不熟，只好勞駕引領了！」

驚魂之夜三

那哨官率著巡兵在前面引路，李十郎夫妻倆跟著，剛跨出那座民宅，回臉再望過去，光景全在一剎之間改變了。那哪兒還是宅院？只是一片殘石壘壘的荒墟，在搖曳的星光下面，朦朧隱現著。而那盞油燈還煢獨的亮在石上，原先的那個老者，轉眼化成一具腐屍，那張皺臉腫大變形，泛著苔綠色，雙手痙攣如鉤，交叉屈放在胸前，顯得令人懼怖。但這光景，眨眼便隱沒了，只落下一片煙濛荒冷的殘垣，包裹於黝黯之中。

李十郎被這種玄異的景象魘住了，恍恍惚惚的覺出這一切都不是真的，而只是一場噩夢，即使這真的是夢，也太可怕了。夫妻倆在夢景般的夜色裡走著，仍然看得見城堞間的�火，沿途都是七縱八橫的屍體；有些血肉模糊，有些渾身蝟集著箭鏃，有些被飛矛貫穿胸腹，死事悲慘壯烈，是自己從沒經歷過的景況。

說是這座城關已被瓦剌大軍攻陷了嗎？不會的，邊軍的哨官不是率著巡兵在前面引路嗎？殺虎口雖久陷重圍，情勢危殆，至少，這支忠勇的孤軍，還在苦苦撐持著。

他在綠霧裡走著，他的思緒像游絲般的遠引，眼前的一切，都彷彿幻化成悠遠的歷史的畫境。……是啊！這是畫境，這些雲遮霧擁的畫境，是他生平從未曾經歷也難以憑空想像的。他試著咬咬指甲，很痛，又覺出這一切都是真實的，並非噩夢，它在朦朧中透著清晰，依稀裡顯著真容。他一路上重複的描摹這些畫境，它像烈酒似的直透著他的心胸。

「宣大人的府宅就在前面了，」那哨官說：「待我去通報一聲。」

綠霧裡，那哨官和巡兵過去叩門，門開了，另一個青衣人迎上來說：

「敢情是十郎先生駕到？咱們的縣丞李大人正在擔心著，怕您路上會有險失呢！」

「還好，」李十郎說：「只算是有驚無險，但那位引路的大哥，在進城時火散了，愚夫婦又迷了路途，若不遇上哨官和巡勇，今夜就摸不到這兒來了。」

青衣人領著李十郎夫妻進了那座府宅，立即，周圍慘淡的光景使李十郎停住腳步。進門是一進通道，面對著一座大廳，中間是一方石塊鋪砌成的天井，大廳內靈堂上的燭光，隱隱透射到天井的方石上。靈堂是靜寂的，三條長凳架起一具黑漆靈柩，靈柩前的供桌上，燃著兩支白蠟，靈柩下面的海碗裡，點著一盞陰戚戚的倒頭燈，而將軍那殺敵的佩劍，就橫放在供桌上。

「來的可是十郎先生？」靈堂背後閃出一條人影，急速的步下大廳石級說：「在下李治長，爲宣公守靈，沒能親迎賢伉儷，萬分失敬。」

「您就是縣丞李大人?」李十郎長揖說:「愚夫婦接奉您的書信,立即就趕進關來。宣公生前忠勇衛國,愚夫婦欽遲已久。如今他力扼孤城,死事這般壯烈,愚夫婦就是粉身碎骨,能得親到靈前祭弔也應無憾了!」

李縣丞嘆息著說:

「治長與宣大人結識多年,知之甚深。宣公義死邊塞,血染黃沙,並非爲勳名,實乃持節盡忠,守其本份而已。俗說疾風知勁草,板蕩識忠臣。做朋友的眼見知交盡節,五內俱焚,因想到您巨筆如椽,以宣大人這樣英烈死事,該可入畫了吧?」

「哪兒的話,李大人。」李十郎說:「十郎愚拙魯鈍,忝居畫壇,卻也深知守份,要不然,也不會開罪閹奴,隱遁邊疆了。舉目當世,那些持戈環甲的將帥,能如宣公這般帶箭殺敵,神勇精忠的能有幾人?十郎能以丹青繪成宣公死節,足慰生平了!」

「敢煩李大人爲我們備一份紙箔,使我夫婦在宣公靈前致祭一番。」孟紫菡說:「關於宣公濺血沙場的事蹟,也得請李大人詳述,使拙夫得以逐幅成圖。」

李縣丞一面答應著,一面央李十郎夫婦進入那座大廳。十郎夫婦都是性情中人,雖然弱不知兵,一樣能體會到浴血守關帶箭殺敵的悲壯情懷,想像到守將宣如龍鳴角開關,引軍踹陣的光景。故當踏進大廳的靈堂時,夫婦倆呆立靈前,再也止不住滿眶的熱淚了。

拜祭之後，李縣丞引著他們到廊房的靜室去，吩咐青衣人擺上酒飯來說：

「瓦剌圍城甚久，關裡缺糧，薄酒無餚，不成禮數，就連這點食物，還是宣公陣亡前，夜踹敵營搶來的，賢伉儷只能委屈些了。」

瓦剌地域出產的土酒是濃烈的，李十郎心多感慨，飲不上幾杯，便已有些醉意朦朧了。靜室裡燒著羊脂燭，黃亮的燄舌上迸著彩暈，李縣丞的臉，在那種搖曳的光暈下，恍惚逐漸飄浮起來。

青衣人擦拭了長案，孟紫菡站起身，替丈夫鋪展畫紙，取出畫具。李十郎索興微闔起眼，單聽著李縣丞述說的聲音。對方用激忿悲楚的聲音，說起瓦剌偏將雅不帖兒率著近萬驍騎圍城的景況，他們用機簧大弩猛射城樓和城堞間的守卒，又拋射火箭，使近城一帶民宅起火燃燒，變成一片焦黑的殘垣。瓦剌兵晝夜連番的攻打，使這座關隘處處險象環生，甭說是石砌的城牆，就是一塊鐵，也被這種攻撲熬紅了。

「雅不帖兒圍城十八晝夜，城牆被他們掘坑安裝的火藥桶炸毀，但宣大人仍然帶人堵塞了缺口，把蜂湧而來的瓦剌兵擊退。」李縣丞說：「古代的張巡許遠，死守孤城也不過如此。難得宣公這樣忠烈，他並非國之重臣，只是邊塞的一位守備，大明有這麼一位不怕死的邊將，不該留名後世嗎？」

李十郎旋著酒盞，一心火燒的疼痛。

李縣丞止住了哽咽，繼續說下去：

「十八晝夜的苦撐苦熬，瓦剌兵越殺越多，城裡人缺糧，馬缺料，住民多有餓倒。瓦剌射書招降，宣大人折箭焚書，召聚士卒說：『瓦剌燒殺成性，屢屢侵邊，如龍世受朝廷恩典，食國之俸祿，自無臨危開關，忍受羞辱之理，如今處此危境，只有力拚到底，以全名節了！』……士卒倒都是深受感動，願意捨身奮搏的，誰料到副將林青，暗懷異志，率著他的馬軍，開關引寇，宣公就是在那一戰中馳騎襲敵，中箭殉身的。」

李十郎聽著，那從空裡灑落的聲音是歷史上的雨，每個生於亂世的生靈，都將蓬頭跣足自其中穿過。孟紫菡略略捲起衣袖，傍案磨墨，沙沙的磨墨聲融混著敘述聲，一幅幅淺淺濃濃的畫，業已在他心裡顯現出來。

「畫吧！」

他這樣略一思索，便走到攤開素絹的長案前，握管揮毫，認真的作起畫來。

李十郎這回作畫，彷彿不是用筆尖蘸著顏色繪在絹上，而是剖開了心胸，把肺腑攤出，成一片絳色的淋漓。那些京師人士夢也夢不著的天地，黯沉沉的卷雲，黃沌沌的風沙，在那種殺氣騰騰的邊荒背景中滾迸而出的，綿長亢銳的角聲。箭急的長風吹起了城齒間挺豎著的旗幡，戍邊的兵卒們瞇起兩眼等待著，他們等待的日子裡，沒有富貴榮華，沒有功名利祿，而是等待著和強弓大弩，怒馬彎刀，常來犯邊的瓦剌人展開濺血的殺搏，野蠻的殺喊分出俄頃的死生，……這情境顯示出歷史的悲慘，從根搖撼著他的靈魂。

他畫著，危城中一切的景象都在心底重現了，他彷彿看見了盤馬執劍的宣如龍，帶領著戍卒踹入敵營。無論如何，這是值得歌讚的，這座要隘翼護著左雲右玉一帶萬千黎庶的性命，儘管關隘處境絕望，至少可以暫時阻滯瓦剌東進的兵鋒，以犧牲換取黎庶們逃命的機會。

三幅圖繪起來毋需多少時辰，孟紫菡提筆作贊更是一揮而就。繪事完畢，李縣丞立即拱告說：

「孤城危境，蒙十郎先生賢伉儷夤夜奔波來此，治長萬分感激。現已備妥腳力，仍著人引領賢伉儷出城。」

「如今瓦剌兵馬，遍野皆是。」李十郎搖頭說：「百家屯早被亂兵縱火焚燒，愚夫婦與其逃竄郊野，匿伏榛莽，不如留在此地，與守城將士同當劫難了。」

「先生文弱之士，留此無益，」李縣丞說：「俗云：盛世詩書亂世刀。屯軍戍卒，地方官吏，均係守土有責，不得輕離，您可無需涉險。再說，這三幅畫，還得托賢伉儷帶出保存，免得毀於兵燹，等日後遇上有緣人將其留諸後世，這全繫於先生了。」

「既然如此，愚夫婦不再堅留。」李十郎說：「至於這三幅圖，請大人放心，只要

在下留得三寸氣，即使原圖有失，一樣補得。」

夢一般的和李縣丞道別，跨上馬，那座府宅便又像適才那樣的隱沒了，哪兒還有靈堂？哪兒還有靜室？哪兒還有李縣丞和青衣人?!一樣是焦黑的殘垣，影影幢幢的豎立著，殘垣滾動著碧瑩瑩的燐火。

「這真的是在作夢了，十郎。」孟紫菡說：「多怕人的夢境。」

「妳瞧，三幅圖還在這裡，哪會是夢呢?!」

李十郎摸出三幅摺妥的畫像來，一口咬定說是真的，他又指著馬說：

「這兩匹腳力馱著咱們，總該是真的，無論如何，咱們得摸出關去，等到天亮再說。」

綠霧仍在各處瀰漫著，天已交到三更之後了。兩匹馬馱著李十郎夫婦，無聲無息的走著，又恍惚飄著。關隘的外面，不時興起人喊馬嘶聲，金鐵交鳴的殺搏聲，斷續的角咽聲，也不知是遠是近？忽然間，那邊有一路火把的光亮，飄飄搖搖的逼近了。

李十郎收韁勒馬，驚疑的望著，霧裡的火把幻迸成一圈圈彩色的暈輪，使他一時看不清來人的服飾和形貌，他只好跟孟紫菡打了個手勢，兩人撥轉馬頭，退進一道狹窄的暗巷。

「您……您不是十郎李爺嗎？」暗巷裡有個聲音說。

李十郎抬眼一瞧，原來是曾到百家屯送信，又引著他進關隘來的青衣人。看光景他是受傷了，他躺臥在巷角，雙手抱著膝蓋，說話時帶著痛楚的呻吟。

「你是怎麼了？」李十郎下馬說。

「小人進城時遇上馬隊，不當心叫馬蹄踢中了膝蓋，爬起身再找您，就不見影兒了。」那瘦削的長隨說：「您不是要出城嗎？您得趕快躲一躲，來的這撥馬隊，是叛將林青那一股，他們若是找著您，那可有了麻煩了！」

「叛將的馬隊竟又闖進關來?!」孟紫菡也下馬趨前，搖著那長隨的肩膀，急切的問說：「這兒業已被瓦剌兵攻破了嗎?!」

那青衣人點點頭說：

「宣大人力戰陣亡，各處都陷入亂戰，您還是快……快走吧！」

李十郎還待問什麼，嗖的一支箭嵌進那長隨的胸口，那人嗒然垂頭。火把的光亮逐漸逼近，李十郎再看，那長隨身上的青衣，轉瞬化盡了，一個原是血肉的身軀裸露出來，變成一具白骨燐燐的骷髏。

「好啦！畫師李十郎夫婦在這兒啦！」他同時聽見有人這樣喊叫說：「咱們把他請回營帳，好向林將軍交差，快過來扶他們上馬！」

不容李十郎夫妻倆分說，那群馬兵就一鬨而上，把他和孟紫菡簇擁到馬背上去，一

路吆喝著出了關隘。

曠野上夜風猛烈，絞得那些火把燄舌飛揚，變成陰慘的褐色，——一種凝血的顏色。雲層是那麼厚重，抬頭不見半粒星芒。馬隊捲行而過，輕飄飄空盪盪的，根本聽不見蹄聲。至於這些馬兵究竟是人是鬼？李十郎夫婦早已無心再去計較了，他只想到殺虎口要隘，十有八九已被瓦剌攻破，那些邊兵戍卒和黎民百姓，也遭著了玉石俱焚的劫數，內心慘惻，更激起對叛將林青的憤恨來。……我倒要見見這個臨危開關的叛賊，看他還有什麼臉見人?!他心裡只是翻騰著這樣的聲音。

陰慘的火光照不亮四周的沉黑，只有馬匹行經處的亂石，旱蘆的影子，不斷出現著。

「啊！咱們得走快點兒，天飄起雨來了！」

「不妙，」另一個騎馬的兵卒說：「真的落起雨來了呢！」

李十郎仰起臉來，發覺天真的飄起細雨來了，雨絲細而密，挾著一片冰寒，但他仍然弄不懂那些馬兵爲什麼會怕雨？就在這辰光，他覺得座下的馬匹突然像失了蹄似的軟了下去，再看前後的馬匹也都這樣，他這才弄清楚，原來自己夫妻和那些馬兵所騎的並非真馬，而是一些紙糊的紮物，這些紮物一經雨淋，便東倒西歪的現了原形。至於那些馬兵呢，紛紛拋卻火把，抱頭鼠竄的尖叫著，化成一團團綠瑩瑩的燐火，朝四面飛滾開去了。

夜風陡然轉緊，使那密密的紅雨更落得大了，雨點打在那些紙馬身上，沙沙的響成一片。李十郎撿起一支尚未熄滅的火把，牽住孟紫菡說：

「夢倒不是夢，咱們遇著的，都非生人，如今雨勢轉急，得找個地方避雨才好。」

「喏，那邊黑影幢幢的，不是營帳嗎？」孟紫菡指著說。

不錯，那真是一片營帳，一片寂然無人的廢帳，李十郎牽著孟紫菡奔了過去，用火把照出那正是副將林青所統率的、傳說是開關降敵的馬營。很顯然的，叛軍叛將，非但求榮未果，反而被蠻野的瓦剌人大舉圍襲，掃數殲屠了。營帳四周，盡是些腥臭撲鼻的腐屍和腹肚腫脹的死馬，在這些屍體間，散佈著被踐踏過的殘碎旗幡，刀矛之類的兵刃，又是一片觸目生悲的慘景。

兩夫妻走過去，綠霧中隱約透出燈火的光亮來，那分明是中軍大帳，帳裡燃著羊脂蠟，一個白臉無鬚的將軍，穿著重鎧，兩手抱劍，坐在一把交椅上。

「十郎先生，賢伉儷終於來了！」那將軍發聲說：「末將林青，在這兒等候多時，天陰雨溼，正好與賢伉儷煮酒長談呢。」

「你可是臨危棄城，開關降敵，使主將宣如龍陷身敵陣，帶箭而亡的馬營叛將?!」

李十郎昂然入帳，用火把指著對方說：「叛臣賊子，我與你有什麼話好談？」

對方聽了話，並沒有動怒，反而擺手說：

「先生誤聽傳言，即加責難，足見先生忠肝義膽，熱血如潮，但仍略見魯鈍也！末將敢問先生，所謂開關引寇也者，係傳言？抑爲眼見？爲何不容末將申述？」

李十郎朝天盪出個哈哈說：

「聽林將軍這一說，愚夫婦聽信傳言，盛氣而來，反而顯得孟浪了！十郎開罪閫宦，亡命邊關，既非法曹，又非史臣，聽話的胸襟，該當有的。」

「來人，」那將軍擊掌吩咐說：「爲十郎先生備酒驅寒。」

又是一種夢般的情境展開了，那彷彿不是鬼域，中軍帳裡，人來人往的忙碌著擺下筵席來，白面無鬚的副將林青侃侃的說起他的遭遇來。按照林青的說法，宣如龍寧爲玉碎，誓死守城是英雄本色，他除欽仰之外，無可置評；但他之開關，並非降敵，而因關內絕糧，且不利馬戰，使他必得引軍而出，欲求與瓦剌決戰於曠野。

「當時關隘多處殘破，敵我混戰，」林青說：「末將所統馬軍屯於城東，而宣公所率步卒屯於城西，情勢危急，難以連絡。李縣丞弱不知兵，以余開關而出，致生降敵之疑。但以訛傳訛，使末將沉冤事小，馬軍忠義，殉身而受屈，實所不忍。夜來聞說李縣丞接引先生入關，爲宣公繪影，故此亦差馬軍迎護，一吐衷曲！」

「哦，原來是這等的？」李十郎困惑起來。

「馬軍於關外平野紮營，」林青說：「射書番營，以求一決戰，末將曾正告瓦剌偏將雅不帖兒，不須爲難關內百姓，兩軍對陣，儘可殲屠，……先生適間於帳外所見，即爲戰後光景了！」

夜風搖盪燭影，真與幻實在難分，李十郎酒意上湧，不禁廢然長嘆，深感史筆之重，既已爲宣公繪影作贊，焉可捨棄副將林青所統的這支孤軍？當時就呼喚設案，一樣鋪展畫具，作了三幅畫，但長案一端，正升起驅寒的爐火，李十郎一邊畫著，一邊移動紙筆，畫幅一端垂入爐中，便熊熊的燃燒起來。

副將林青誤以爲是李十郎居心如此，不由變了臉色，伸手搶出沒曾焚盡的殘圖說：

「真蹟湮泯，案疑千古，先生固執如此，忍人也！」

忽然間，燭光轉綠，滿眼陰森，一切幻景都凝寂了。廢帳裡端坐著的，不再是白臉無鬚的將軍，而是一付加在白骨上的鎧甲，有一把瓦剌人慣用的彎刀，穿胸貫腹，掛在那付鎧甲上。

尾聲

故事說完了，而夜雨還在蕭蕭的落著，叮叮咚咚，不成曲調的琴音，仍在別室流

響。那儒士嘆息說：

「我國治史，往往有空而無地，今人只知讀史，哪能分得出史的真容?!宣如龍與林青間的疑案，當時已難分辨，況乎後世?更何況邊關一隘，這些不入史的人物之有無尙待考證?……當做荒緲的故事聽，也就罷了!」

「考證?考證!」另一個老者恨聲說：「爲何當世之人，不能把史實詳留後世?使咱們子孫萬代修史的人，光是在考證裡打轉，陷身一輩子，考出來的也許仍是訛誤的一面，這些害人的史籍，倒不如付之於火，反而活得輕鬆，沒有牽累呢!」

「你瞧，你這又在說夢了。」那儒士說：「真真幻幻，誰可分辨?誰可定評?一代一代的人，既活著，就得找些事幹!你管得著千秋萬世嗎?」

「嘿嘿，」老者豁達的笑說：「要不然，哪會有『人生不滿百，常懷千歲憂』的詩句來著?!我雖已斑鬢老者，究竟還活著，算是這一代人呢!先天下之憂而憂，難道不是做人的本份麼?」

曖昧的官司

一、楔子

陰雨天，我搭乘一輛計程車下鄉去探望朋友，一路上，跟那司機閒聊天。司機是個粗壯結實的中年人，黝黑的臉膛子，濃眉大眼，繞耳都是圈兒鬍的鬍渣子，拿俗話形容，他完全是猛張飛型的人物。

話題是由我探詢他的過去引起來的，他那麼一想當年，就口沫橫飛精神起來了，三字經全部出籠，簡直粗得可愛。也許我的含蓄的笑意引起他的敏感吧，他說：

「先生，在您眼裡，也許把我當成粗人看，想當年，我在湖北拉游擊打鬼子，當大隊長，當地老百姓可比我更粗、更土。在那兒，打官司找不著衙門，一找就找到大隊部，我沒辦法，連法官的差事，也它媽一把抓，——統統包辦啦！」

「失敬失敬！」我說：「我實在看不出來。」

他扳著方向盤，呵呵的，笑得挺響。

「我它媽頭一回斷的那宗鬼案子，真能把人肚腸都給笑斷了。」他津津有味的咀嚼著說：「橫直逗上落雨天，我就說給您聽聽吧！」

「好啊！」我說：「只是請你開慢點，不要把車子衝下溝去。」

二、于家絲貨店

在那個山腳邊的雞毛小集鎮上，提到于家絲貨店，沒人不曉得。咱們的大隊部，早先就安在那裡一些時辰，後來才搬到鎮北的廟裡去的。

（你說，那絲貨店怎麼樣？）

瞧它媽我這個人吧，說話就是這個熊樣兒，東一句西一句的，打自己的岔！……于家絲貨店是于老頭兒開起來的。不過，等咱們到那兒拉游擊的時刻，那個于老頭兒變成棺材穰子，埋下了土了。

于老頭的老婆，五十來歲年紀，馬臉高顴骨，樣子有些兇霸霸的，小腳裹得像糯米粽兒一樣，走路扭呀扭的，那就不必說了。咱們管她叫什麼來著？對了，叫大孀婆。大孀婆有個兒子，于老頭就留那麼一條獨種命根兒，名字叫于少來。

于少來也有廿來歲了，那付長相，真它媽不大好形容，……我倒不是說他面貌醜，我是說他長得單薄透了，渾身排骨架子，活像一根頂著衣裳的竹竿。至於那張臉，倒白淨斯文有個人樣兒，只是白得過份，有些像吸白麵兒（吸食海洛英）的煙鬼。

鎮上人告訴我，說：

「大隊長，您甭看于少來像紙糊似的一個人，他可是個風流人物。十五六歲起，就學會逃塾，偷他老子的錢，騎牲口到縣城去嫖姑娘，縣城那些花街柳巷，明的暗的，沒幾年功夫，叫他跑遍了！」

「就憑于少來那個樣子，也配做玩家？」我說：「把他骨髓榨乾，也它媽榨不出一湯匙汁水來，……只配打打乾舖（乾舖，宿而不交之謂。）罷了！」

說的人就笑說：

「打乾舖也能打出一身花柳病來？大隊長，您可把于少來看得太扁了！……他這身骨架，是花柳病後留下來的。若不是大孀婆疼護她的命根子，拿出大把的錢來，把他送到省城去醫，只怕早就沒命了！」

「風流人得風流病，」我說：「吃過大苦頭之後，于少來才懂得學乖的吧？」

「倒不是那個，」說的人說：「是大孀婆替他找了個好媳婦，婆媳倆把他給看牢了，不給他出門。再說，那場病過後，他打省城回來，只落這一身骨頭架子，沒有本錢的人，即使心有餘，也是力不足了！」

于少來就是那麼一種人，于家絲貨店在鎮上算是富戶，大孀婆就只這麼一個獨種寶貝，也許是自小過份疼愛，嬌壞寵壞了，結果把身子糟蹋成那個樣子。

說到于少來新娶的那個老婆，嗨，真它媽算是美人胎子，她那種標緻模樣，在鄉角落裡實在少見。北方鄉下，那些年輕的小媳婦，十個有九個都很怕羞，您該曉得的，所以，我雖見過她，卻沒跟她說過一句話。

現在該說到于家絲貨店了；那間絲貨店，三開間的門面，前後的縱深極長，一共有五進房子，四個大天井，房子很古老，每進屋子裡都黯沉沉的。前頭的店面倒很像個樣子，油黃色的山架上，放滿了一絡子一絡子的五彩絲線，一邊放著捲放生絲的架子。頭進院子是收取蠶繭的地方，兩邊廊房裡，堆滿了蠶繭。……對啦，您沒見過絲貨店吧？他們固說是收蠶繭，但那些蠶繭是不能久放的，收來之後，很快就要丟進煮繭的鍋裡去煮，一邊煮，一邊用長竹筷子挑絲，一邊踩動踏板，用許多旋轉的絲絡子抽絲，——那些不成線的細絲，俗稱叫生絲紕子。

（你說，那于家絲貨店出了些什麼事呢？）

哦！當時倒沒出什麼事，不過，于老頭兒死後，于家絲貨店的生意不怎麼好倒是事實。店裡的事全由大嬸婆料理，大嬸婆再強項，也只是個小腳老婆子，忙不過來。店裡原有幾個幫忙的夥計，辭的辭了，散的散了，只留下一個害腳氣病的老帳房，和一個十七八歲的小夥計。

這兩個人，我都見過，老帳房姓程，我隊上的人都管他叫程師爺。小夥計姓夏，咱們都管他叫夏小相公，……這裡的相公，也就是小學徒的意思。

（嗨，你的話頭繞遠了，兜了老半天的圈子，你並沒說到那宗案子上呀？）

先生，說話繞彎子不要緊，您耐著點兒就成了！如今我是開計程車的，我它媽要是開車繞路，存心多賺客人的錢，那就不成話了！……剛剛我說到哪兒來著？對了，毛病就出在那個小夥計夏小相公的身上。

我不說您也會猜得著；于少來患花柳病，差點兒開天門，他就娶了媳婦，鄰居們嘴裡不說，心裡也都認定他留不下子息，那也就是說：大嬸婆這輩子想抱孫子，決計抱不著了。

不過，出人意料的是：于少來的媳婦，那個小新娘子，居然懷孕得胎，肚皮慢慢鼓脹起來。一條街的人，都在背地裡議論，猜測究竟是誰種的種？……當然囉，一家絲貨店裡，自咱們搬開之後，只落下三個男人，那就是老帳房程師爺，于少來那個小癆病鬼，和小夥計夏小相公。

程師爺六十多歲的人了，腳氣病重得不能走路，膿和血打腳心朝外淌，若說他跟那小媳婦如何如何？那簡直有些喪天害理。于少來本人是害過極重的花柳病的，照一般傳說，不能再留種了。那麼，餘下來就只落那個夏小相公啦！

（這種風言風語的猜測，能算得了數嗎？）

當然不算數啊！我大隊裡的那些兵，跟著湊熱鬧，把話傳到我的耳朵裡來，我它媽還集合那些傢伙，狠狠訓了他們一頓，我罵說：

「你們這些無聊的傢伙，朝後誰都不准再提于家絲貨店的事！那個小媳婦懷胎，關你們的屁事？人家上有婆婆，身邊有丈夫，婆婆跟丈夫都不講話，你們嚷嚷算它媽哪一門兒？」

真的，先生，那時咱們拉游擊，隨時防著鬼子下鄉，說打仗就得打仗，哪有閒心管那個?!游擊隊又不是官府衙門，管也管不著！可不是？

（是啊！你接著講下去吧！）

三、一隻沒剖開的悶葫蘆

其實，我這當大隊長的，雖然狠狠訓了下面那些弟兄，可是自己的心裡，也它媽一肚子好奇！……我怕這種風言風語鼓弄久了，會生出旁的岔枝兒來。我手下那些弟兄，也都是年輕力壯的單身漢子，雖說我平時管束得嚴，沒人敢違紀犯法什麼的，但，人頭那麼多，萬一有那麼一個牽扯進去，讓當地老百姓說閒話，那可不是鬧著玩兒的。我是帶人的人，總想暗中留神，把這事弄清楚，只要不牽扯到咱們頭上，我才安得下心。

（不錯，你這層顧慮，確實有道理。一泡雞屎壞缸醬的事，有時候也會有的。）

可不是嗎？我仔細看過那個夏小相公，十七八歲的孩子，樣子長得老老實實，還帶幾分木頭木腦的鄉氣。在我的眼裡，他只是一隻沒開叫的小嫩雞，翅膀拐上的大毛還沒長得全，哪像是竊玉偷香的人物？

就算那小夥子對女人開了點兒心竅吧，若說暗地裡動動情，起起慾念，那倒可能。若照街坊鄰舍的推測，硬指夏小相公入室登床，和他的少東娘子幹那回事，那就叫人很難相信了！

為什麼呢？我說給您聽聽。就算我看走了眼，那夏小相公是色膽包天吧，他總得有個機會，是不是？于家絲貨店裡的情形，我很清楚，甭看大嬸婆五十來歲了，又是裹小腳的女人，她的精氣神可都旺盛得很，每天大早，天色還黑青青的沒大透亮，她就起床到前頭來了。夏小相公在店裡打雜，一舉一動，都在她的眼底下。好！咱們放開這個不談。那小媳婦和她丈夫于少來，住在最後一進房子裡頭，那夏小相公住的是頭一進的繭屋，家是家，店是店，兩下相隔三進院子兩個天井，彼此分得很清楚。小夥計沒有事不能跑進後屋去，就是去了，一樣沒有機會，——于少來自打娶了親之後，從沒出過門，有個丈夫看守在旁邊，小媳婦就算想偷人，她哪有機會?!

（嗯？……按常理說，也極不可能，世上哪個丈夫是屬烏龜的，甘心戴綠帽子？）

是啊！我它媽想也想不透，這些謠言是誰無事生非造出來的？擺在我面前，是一隻沒剖開的悶葫蘆，您想是不是？先生，沒憑沒據的一些謠傳，我就算把它當話聽進耳了，也不好當著人家大嬸婆和于少來的面去問。要曉得那時候的世風跟如今不一樣，一個女人，偷漢子，懷野種，是樁了不得的塌天大事。哪像如今，姦夫淫婦相片上了報，進法院打官司，在千百隻眼面前，還它媽肉麻兮兮的承認兩人有愛情！有愛情也該先辦離婚，不要偷雞摸狗是不是？——我這人，直性子，總愛說閒話。

（不要緊，你儘管講你的，車開慢點兒就行了！）

那時候可不然，不該講的閒話，多說一句全不行！真的，萬一于少來的媳婦是貞烈性子，壓根兒沒做過那回事，一聽著那些空穴來風的謠言，不吞紅火柴頭兒，吃大礬自殺才怪呢?!一屍二命放倒下來，誰扛得了?!

（你既不相信那小媳婦會偷人養漢子，那就得回過頭去，查查那些謠言究竟怎樣造出來的？平息那些謠言，讓于家三口人活得舒服些。）

是啊！我當時確是這麼想的。

我也曾蹓到那些街坊那兒，藉著串門子聊天的機會，探詢過這些。嘿，當地那些老百姓也真怪了，他們不跟我談道理，他們說：

「大隊長，空說沒有用，等到兒子生下來，您看著像誰好了？您看那孩子像是于少來，還是像夏小相公?這該瞞不過人眼的。」

「那有什麼好說?」我說：「既是于少來的兒子，當然像于少來了!假如不是于家的骨血，那大嬸婆也不會認他。」

「大隊長，這兒的人心，您這外路人是不容易摸得透的。不信，咱們打個賭怎樣?」那些人七嘴八舌的：「您瞧著吧，——起了膿的疙瘩，早晚會鼓出頭的。」

（那你究竟打了賭沒有呢?）

當然，若依我這個火燒雞毛的脾性，一拍巴掌就會賭上了的，不過當時我卻忍住了。我它媽究竟是個大隊長，有自己的身分在，不能訓了部下，自己再插上一槓子，管這些雞毛蒜皮的閒事。我只要摸清于家小媳婦肚裡那塊肉，跟咱們弟兄沒瓜葛，就可以撒手不管了。

這隻悶葫蘆，一直懸了幾個月，于家的小媳婦就足月臨盆了。巧得很，她頭胎正好生了個男孩，于少來做了父親，大嬸婆也眉笑眼開的抱了孫子啦!……您說奇怪不?外面人多嘴多舌的糟蹋于家，人家大嬸婆卻像吞了歡喜糰子似的，認真辦起喜事來了。又是三朝，又是滿月，大嬸婆都辦了好多桌喜酒，撒帖子宴客。凡是街坊鄰舍，連那些說閒話的，全在邀請之列不說，就連我大隊裡扛槍桿兒的，也都請到了。

就算那些謠言是無風起浪吧，也虧得大嬸婆有度量，不管多大的風浪，她肚裡有隻

船在撐著。

（有味道，你這故事，逐漸講到精彩的地方來了！那麼，大嬸婆宴客，你是去了囉？）

那還用說嗎？我這個大隊長，在當地老百姓眼裡，真還說得上是頭號人物，要坐首席的呢！窮有窮面子，我湊合了一份厚禮去赴席，大嬸婆笑臉相迎。她跟那些背地說閒話的街坊鄰舍，一樣打招呼，話家常，顯得極熱乎，口口聲聲孫子長，孫子短，專說她的孫子。

說她是有心也好，無意也好，孫子是于家的孫子，做祖母的那麼疼愛他，于少來本人也出來受人道賀。接著，大嬸婆要媳婦把孫子交給她，親手抱出來，讓街坊鄰舍，諸親好友瞧瞧。

（嘿嘿嘿，你瞧他究竟像誰？）

嘿嘿嘿嘿嘿，老實說，也許我的眼拙，不敢十分確定他像誰，不過，那奶娃兒不像于少來倒是真的。喝，孩子打扮得真是堂皇，穿著一領連帽的大紅披風，帽頂嵌著珍珠，帽簷上的「福、祿、壽、喜、財」五個銀元大的字，全是十足的赤金打成的，那披風鑲著白兔毛的鑲邊，底襬上滿嵌純銀的小鈴噹，就那如今來說，至少也值三五萬塊錢。

這都是廢話，不必說了！就算那孩子不像于少來，又怎樣呢?!祖母認孫子，父母認兒子，好歹全成了于家的家務事，甭說官府管不著，就把天王老子請了去，也沒有插嘴的份兒了！

我總以爲，悶葫蘆，剖不開，一直悶到底了！

四、蛛絲馬跡

誰知看了奶娃兒之後，街坊上背地裡的議論，更它媽的鼎沸起來了！我說，人這玩意兒，多少有些邪門。人家的事情，事不干己，他們非管不可，好像不把那隻葫蘆砸開，瞧瞧裡頭裝的是什麼，他們是死也不甘心了！……這種探人隱私的勁頭兒，要它媽早用在當用的地方、只怕頭一個上月球的不是美國佬，早換成咱們了！

後來我真的窩在大隊部裡，怕上街了。我一上街，他們就會拖著我，圍著我，搶著跟我說個沒完。

「大隊長，這回您親眼見著那孩子，您心裡總該有個底了吧?!」有人說：「您難道還瞧不出來?那孩子的眉眼、鼻子、五官七竅，不就是跟夏小相公一模活脫?」

「說這樣屁話有什麼用?」我苦笑說：「人家婆婆丈夫不講話，捉姦也輪不到你們

去捉啊！再說，大嬸婆若是情急心虛，她會大擺筵席，把你們全請了去，讓你們人模人樣坐在桌面上看她的孫子？依我看，這檔子事，你們擱在一邊算了！這又不像一泡屎彎在屁眼門，——非拉出來不可，何必呢！」

「您不曉得，大隊長，」竟然有個拖鬍子的出來說：「我們曉得這事跟我們沒有什麼，我們跟于老頭兒都是好鄰居，哪有巴望他絕後代，斷香煙的道理？……說句不好聽的話，他于家就是沒了後，自有他的族人處斷產業，我們恁誰也拿不走他半塊破瓦片，一個鏽銅錢！」

「依您是怎麼說法呢？」

那拖鬍子的摸著鬍梢，全然是理直氣壯的樣子：

「您究竟不是當地人，不曉得于大嬸婆是什麼樣的人。說假話，做假事，那是她的拿手好戲。可憐，那個小風流于少來，凡事都聽她擺佈，小媳婦究竟被她逼迫得怎麼樣？看來只有天曉得了！……您不妨留留神，您看那個小媳婦，跟哪個外人說過一句話來著？就連那小夥計夏小相公，也都得看大嬸婆的臉色。」

「我弄不懂您的意思？老爹！」我說：「這跟大嬸婆添孫子的事，有什麼關聯呢？」

「我們這個小集鎮，雖說是塊偏荒小地方，」拖鬍子的人說：「但則民風很淳厚，行事爲人，總沒離過大譜兒。當然嘍，她大嬸婆添孫子，是她于家絲貨店門裡頭的事，我們管不著。至少，夏小相公和那個小媳婦之間的曖昧，我們想弄弄清楚，因爲這裡頭，嗯，這裡頭，實在是大有文章！」

我說過，我沒唸過多少書，也不懂得法律，當時也不便表示什麼。回去之後，我找我的大隊指導員，跟他談起這樁事，大隊指導員倒是一肚子墨水，不過，他也皺眉想了老半天，壓後他說：

「法律我只懂得點兒皮毛。我曉得，通姦的事，是屬告訴乃論。也就是說，假如于家的小媳婦，真的背著她丈夫于少來，跟那小夥計勾勾搭搭有了一腿，也只有本夫于少來出面告官才成，于少來不告，鄰居喊破喉嚨也不成，那才真是狗拿耗子呢！」

「他們說，裡頭還會有旁的花樣。」

「大隊長，您說呢？」我那個指導員說：「通姦就是通姦，哪還有什麼花樣？他們就是捧著廿四解本子照著圖脫樣兒，也還是通姦二字，也還是告訴乃論！……一句話說絕了，與那些街坊鄰舍毫無相干。」

我是個粗腦瓜子，聽到這麼一說，就穩住勁不再開口了。不過，指導員又跟我說起，一本六法全書，在民間並沒有什麼大影響，民間有民間的古老習慣法，他們對某些事情執拗得很。我縮縮頭笑說：

「好在咱們也不是官府衙門，日後就是鼓出什麼事，打官司也打不到咱們大隊部裡來，咱們來它一個靜觀其變好了！」

嘿，那些街坊鄰舍，偏不讓我這個大隊長閒著，硬把許多言語，朝我耳朵裡灌。我它媽起初很有些不耐煩，不過，聽到後來，竟有點兒不尋常的蛛絲馬跡發生了。

（難道在通姦之外，還有什麼旁的怪事？）

很難說，不過據那些街坊鄰舍的看法，于家絲貨店裡，有些事正在醞釀著。大嬸婆不願讓快嘴快舌的鄰居知道，索性把絲貨店來個關門歇業，整天把前門關著，後門閂著，使宅裡的人不跟街坊鄰舍碰面，那之後，出來進去，只有大嬸婆一個人。

（嗯，真夠神秘，還有呢？）

神秘確是夠神秘的，不過先生，您不覺得大嬸婆弄巧反拙，神秘得太過火了麼？正因她這樣掩耳盜鈴的做法，才更惹起街坊鄰舍的疑心來的。

據街坊鄰舍的推測，有幾點確有幾分道理在。那個拖鬍子老頭跑來告訴我說：

「大隊長，不是我這麼一大把年紀，愛多管這些閒事，我是街上的保長（保與里相同。），于家絲貨店在我的保裡，日後若是鬧出大案子來，我這當保長的有擔子，會受拖累的。」

「什麼樣的大案子，會拖累到您頭上呢？」

「當然還是于家絲貨店裡的事了！」拖鬍子的保長說：「您想想，外頭風言風語傳成這種樣，于家大孀婆既不瞎，又不聾，聽不著也該看著，看不著也該聽著，我不信她就沒有數兒！若換平常人，早就有反應了，可是她偏偏裝聾作啞不吭聲，她不是那種能忍氣的人呀！」

「不錯，」我只好敷衍說：「您說的很有道理，就算她不吭聲，又能怎樣呢？她只是個小腳老婆子，又不是吃人的老虎。」

「話可不是這麼說啊！一個人反了常，什麼樣的事全幹得出來，」老保長說：「您想她怎樣對待那個小夥計嗎？……她明知她的孫子是那小夥計的，爲什麼不攆走他？反而把他籠絡著，她怕那小夥計出去之後嘴不穩，把醜事傳揚出去。她不動聲色，讓他們男貪女愛，也許攫著機會，就會害掉他滅口。」

他這麼一說，可真把我嚇了一大跳。起初我還疑疑惑惑的不敢相信，但于家絲貨店的緊隔壁的鄰居告訴我，說是于家的宅院裡，最近常聽見大孀婆吼叫，也聽見過于少來小夫妻兩個磨牙鬥嘴的聲音，一會兒女的哭，一會兒男的求，隔著一道牆，聽不清他們在爭執些什麼？

「嗨，你們把這些事告訴我，叫我怎麼辦呢？」我說：「我早說過，我管不著這檔子事的。」

「大隊長，您要是不管，咱們可要管了。」拖鬍子的老保長說：「我有我的辦法，俗話叫做擠膿出頭，——讓大嬸婆把關著門的事，開門鬧出來！」

五、突如其來

街坊上那些人，究竟怎樣擠膿出頭的？我也弄不清楚，而于大嬸婆真的帶著于少來，頭上頂著狀紙，告到我的大隊部裡來了。她這一來不要緊，街坊鄰舍跟來上百口子，把那座破廟裡外擠得滿滿的。

「大隊長，我是告狀來了！」大嬸婆朝我下了跪，嚇得我慌忙跳開，伸手攙扶說：「千萬甭這樣，您這麼一大把年歲，有話坐下來慢慢講，我這兒可不是斷案的地方。」

「我原想把事瞞下去的，」她說：「但則這些街坊鄰舍全曉得了，紙裡包不住火，逼得我非把事情抖落出來不可！……我告我店裡小夥計夏小相公，他個小沒良心的，勾引了我的媳婦，求大隊長您做主，把他定個重重的罪名，讓他曉得厲害。」

「我可真的為難了，大嬸婆。」我說：「我只是扛槍打仗的，替地方上斷案子，不適宜呀！」

「大隊長，您甭推辭了，」拖翳子的老保長跑上來說：「這兒的鄉保甲長，自願替您當陪審的。如今逗上亂世，哪兒去找大衙門去？普天世下，一筆寫不出兩個理字，您按理斷，就成了！」

我一瞅那種情勢，曉得再怎樣也推不脫了，只好硬著頭皮答允下來。說來不怕您笑話，什麼六法全書，我連翻沒翻過。我叫傳令兵把方桌抬到廟門外的廣場上去，人模人樣朝那兒一坐，對大嬸婆說：

「大嬸婆，我是個粗人，問起案子來，一派粗線條作風，這可是妳親自找著來的。妳如今究竟是告妳店裡夥計？還是要告妳的媳婦？」

「我嗎？」大嬸婆翻著眼，氣惱的說：「我兩個都告！他們通姦是事實。」

「好！」我說：「既然兩個都告，差兩個槍兵，到于家絲貨店，把那兩個被告替我押的來。」

「不用去了，」拖翳子的老保長說：「他們兩個都跟的來了。」

好吧，既然原告被告都在，我就一拍桌子，把那個夏小相公先傳上來問話。可憐那小子一見槍兵排列著，嚇得渾身縮縮團團的直打抖，我叫他不用怕，有話實說，扯謊我就要他吃皮鞭。那小夥計朝我磕著響頭說：

「大隊長，我是吃于家的飯長大的，大嬸婆她一向待我很好，我怎敢起邪心，動淫

念，跟少東娘子攪混到一堆去？……所以有那回事，全是大嬸婆和少東硬逼的。他們跟我說，事後我不說，他們也不朝外頭講……。」

「你這沒良心的小子，活放屁！」大嬸婆氣呼呼的指著小夥計罵說：「容或我這做婆婆的替媳婦拉縴，世上也沒見做丈夫的替自己老婆拉縴的，你是在瞎嚼蛆，誰會聽你的？」她又轉朝著我說：「大隊長，他剛剛不是招認了嗎？您還有什麼好問的？一頓皮鞭，把他打殺算了！」

「大嬸婆，」我勸說：「妳不要急，等我一一問清楚了，一併了斷。」

接著，我把于少來的媳婦傳了上來。

那標緻的小媳婦懷裡抱著孩子，兩眼業已哭得紅紅腫腫的，朝我面前一跪，放聲大哭說：

「婆婆既然不顧臉面，我也只好撕開臉直說了！當初我嫁進于家門，做夢也沒想到，于少來是這樣的人，他害花柳病，竟然嚴重到把那個都爛掉了，根本不能人道，我雖跟他同床共枕，卻是為他守活寡，……婆婆明曉得他兒子不成，偏偏硬逼著我懷胎成孕，好讓她抱孫子！」

「啊！」我點頭說：「我明白了，妳是被逼得不得已，才找上夏小相公的？」

「不是！」小媳婦咬著牙，一臉的羞紅：「我沒讀過多少書，但也是正經人家的閨女，怎肯幹那沒廉恥的事？是我婆婆跟我丈夫串通一氣，把我灌醉了，人事不知，抬到小夥計屋裡去的。第二天我羞憤得要跳井，婆婆攔住我，說是不孝有三，無後爲大，……我死了也落個不孝的大罪名。」

「這樣說起來，」我轉朝小夥計說：「你就不對了，這種事，你不該幹的。」

「我也是被逼的！」夏小相公叫屈說：「先是少東來求我，我不肯，後來，大孀婆衝著我下跪，央我行行好事，借個種給她家，接續香煙，……她那樣苦苦哀求，我不借行嗎？」

問到這兒，悶葫蘆總算當眾剖開了。你聽罷，四周圍的人，也有點頭的，也有搖頭的，也有擦眼淚的，也有大笑的，嗡嗡嗡嗡，滿耳全是議論的聲音。

我又轉朝大孀婆說：

「妳聽見妳媳婦和小夥計說的話了？妳兒子沒有了子孫棒子，妳爲什麼要瞞著人，把人家姑娘娶進門？害人家守活寡，又逼她讓妳抱孫子?!……這事是妳母子倆弄出來的，卻又反告人家通姦，照道理，就說不過去了！」

「我兒子有沒有那個，我並不曉得。」到了這時，大孀婆竟也一把鼻涕一把淚的哭將起來：「兒子早先不學好，得過花柳病是真的，我拚命花錢，把他送進省城，治好了病回來，……兒子這麼大了，我一個老婆子，怎好查驗他。我替他娶了媳婦，怕她不得

孕，央託小夥計幫忙借種，確有其事，向人借種也犯法嗎？」

「好！」我跟于少來說：「事情鬧成這種樣子，歸根結柢，全是你的罪過。你當初若不尋花問柳，亂糟蹋自己的身子，把好好的子孫堂砸爛，你媽怎會逼著你媳婦向旁人借種？……我要查驗查驗你，好讓街坊四鄰心服！」

（**啊！你老兄直粗得可以，你竟當著那許多人的面，查驗他了？**）

嘿，那是開庭問案子，有什麼好客氣的？我先大聲關照在場的婦道閨女暫時背過臉。一呶嘴，兩個槍兵就上去扯下于少來的褲子，我它媽仔細一瞧，平塌塌的，不是爛斷了根怎麼的？我指著于少來說：

「你真是差勁透頂了，你的名字叫少來，我看實在有點掛羊頭賣狗肉，你媳婦不怕你多來少來，單怕你壓根兒不能來！……你根本沒有東西，怎麼來法？我看你乾脆改名叫于不來，倒還名符其實呢！」

我這麼一說，滿場人都笑，嘿，笑得一塌糊塗，簡直沒法子形容了！

（**……我還不是笑得心裡發慌，勒不住，你得講快點兒，我就快要到了。**）

笑歸笑，我的爛攤子攤在面前，總得想法子收拾才好。真的，遇上這種曖昧的官司，我不知如今的法官怎麼斷法，在當時，斷起來實在太為難了！

（**那你就繞個圈兒，慢慢開，把它說完好了。我倒要聽聽你是怎麼斷的，——我照**

錶付錢！）

六、結局

我把話反覆一問，總算問清楚了。

原來事情是三個人說妥了的，小媳婦在被灌醉後，變成一塊待耕的田地，說好了由小夥計代耕田代下種。二天小媳婦哭鬧著要尋死也是真的，不過被大嬸婆和于少來夥著勸服了。這樣，小媳婦就有了兩個丈夫，明夫和暗夫，明夫只是打乾舖，暗夫有其實，……

當然囉，一回兩回，不敢包著落下去的種能發芽，大嬸婆就催著小夥計再多多播幾回，直到小媳婦害酸爲止。

問題是生了孩子之後，大嬸婆要送夏小相公一筆錢，把他打發到遠地去。誰知媳婦嚐著了甜頭，一顆心全落在小夥計的身上了。她跟做婆婆的爭執，說是她跟于少來雖有夫妻之名，並無夫妻之實，根本不算是夫妻。她跟小夥計雖然沒名份，事實卻是夫妻，他們願意感謝大嬸婆的撮合，白送一個頭胎兒子給于家傳宗接代，兩人卻不願再活活的分開。

對於媳婦的要求，大嬸婆倒是願意答允，——她只要有了孫子，不在乎媳婦。

（請讓我插句嘴，既然這樣，何必又來打官司呢？）

嗨，您聽我說嘛，大嬸婆那個寶貝兒子于少來偏偏不肯答允。儘管他沒有那玩意，卻仍愛著他的媳婦，不願把她放走了，讓他一個人睡冷被窩。

這時候，于家絲貨店關起門，吵吵鬧鬧的爭持不下。外頭的拖鬍老保長，又教許多孩子在于家大門口唱歌謠，揭露這宗事情。大嬸婆一急，就只好撕破臉告狀，求我來解決了。

（你究竟怎麼解決法的呢？）

簡單！我跟大嬸婆說：

「我看夏小相公這孩子聰明伶俐，人也挺乖的。他既在絲貨店學手藝，正好是妳的好幫手，妳何必要攆他出門？橫豎事情都已抖明了，媳婦不是于少來的媳婦，還是旁人家的大閨女，是經妳撮合，跟姓夏的成婚的。我如今替妳作個主，叫夏小相公替妳叩頭行大禮，正正式式改姓于，做妳第二個兒子。大媳婦改做二媳婦，孫子當然名正言順是妳于家的後代。假如一個不夠多，叫他們替妳多生幾胎，男花女花繞著妳都成！妳願不願意？」

「願意！大隊長，我是一千一萬個願意。」

「你們兩個怎麼樣？」

小夥計跟小媳婦當然沒話說，立時就跟大孀婆叩了頭，親親熱熱叫起媽來。

我又指著于少來說：

「你落到如今，不能，也不配討老婆，全是你自己害的，總不能不拉屎硬佔毛坑，你把媳婦讓給你兄弟，你不願意也得願意！」

于少來那個傻鳥，他說話結結巴巴的，他說：

「不是……我不肯，我是一個人害冷！」

（有趣極了！他害冷你怎麼回他？）

我它媽也禁不住發了笑，說粗話開他的心說：

「橫豎你沒有那話，算不得男人，害冷，你就鑽進他們小夫妻倆的被窩看熱鬧去！——只怕他們被窩裡風呼呼的，還不如一個人裹著被子聚氣呢！」

事情，我它媽就是這麼了斷的。大孀婆帶著她的一家人回去之後，立即抬了禮物來了，——兩口肥豬，一罈子老酒，還有一塊金字匾，說我是個「青天」！

先生，您說好笑不好笑？我它媽這個青天，連六法全書見也沒見過。後來，遠近傳說，我這個青天可大大的出了名啦！附近幾十里地，找我斷案子，不知多少，我它媽一概是粗裡粗氣，快刀斬亂麻，把他們擺平了了事，可不像如今那麼咬文嚼字轉大彎

兒。……案子太多，沒時間跟您多聊啦。

車錢一共四十八塊五毛。

謝謝。

（也得謝謝你這個「大隊長」，——四十八塊五毛，又坐了你的車，又聽了這麼精彩的故事，實在太便宜了！）

首先必須說明，剖腹可不是東洋人慣耍的那一套，自己拿刀切自己的肚皮，不論時髦不時髦，不論東洋的作家三島由紀夫一刀切出多大的風頭，換是我，是決計不幹的。我總覺得，東洋人自覺既悲且壯的切腹，不但陰慘野蠻，且有些驢頭不對馬嘴的味道。

我不妨再把話說得明白點兒：假如三島由紀夫鬧的是肚子餓，切開他那餓扁了的肚皮，免得飢腸轆轆窮嘀咕他，那還算得「冤有頭，債有主」，但他的問題明明出在頭腦瓜子裡，卻避重就輕，去窮整毫不相干的肚皮，肚皮有知，真是冤哉枉也了！

咱們中國在這方面確實要文明得多，即使自覺活不下去，那些英雄好漢們，也都是挺然而立，仰天而視，拔出三尺龍泉，以極端雄偉優美的姿態，橫劍一抹，抹斷脖子了事。西楚霸王之受民間懷念著，非其未成之霸業，實乃最後一場子壓軸戲，表演得極爲精彩，挺夠氣派也。

再回觀東洋人的那種「切腹」，那就太不成體統了，其最上者，也不過盤膝而坐，袒其胸而露其腹，持著宰雞之刀而作屠牛之狀，低著個腦袋，咬牙裂齒的窮消磨代「人」受過的肚皮，所謂「切腹」，換句話說就是自家找死。東洋人捨棄姿態優美的拔劍自刎，而用拖泥帶水的開腸剖肚，就死亡美學而論，實在不敢恭維。

因此，在咱們中國的傳統習俗上，一向重視保護肚皮，有人稱其爲五臟廟，不惜勞其身心，使它物盡其用，得能一飽。所以古人說：衣食足，然後知榮辱，可見五臟廟的勤修，簡直是事關榮辱的大事了。又說：民以食爲天，可見古往聖賢，沒有不重視老民肚皮的。

不知哪朝哪代的昏暴帝王，搞出腰斬的花樣，字面上雖然僅僅提「腰」，實際上腰肚相連，不過，一斬斬出個慘絕人寰的故事之後（傳說人經腰斬後，久而不死，某次，一士人被斬，自蘸其血，寫下七個慘字於地，見者無不憫之。），曉得不是一回事兒，不久也就廢去其刑，偃旗息鼓了。

綜而觀之，開腸破肚的事，除了桀紂那樣暴戾的昏君，曾經以人爲獸玩過幾場，最後自己也免不了捨命賠上，都成爲暴政的點綴，其餘的就很少見到了！……當然，在兩軍戰陣上，長矛洞胸，彎刀貫腹，偶爾整破了肚皮的事總是難免的。像羅通掃北，盤腸大戰也者，畢竟少有，而且也該歸於意外，——番將的槍尖挑其胸，不慎低了一點而已。

所以，我這篇剖腹記所指的剖腹，決非是開腸破肚，自奪性命的玩意兒，乃是醫學上所謂的「開刀」，再說得文明一點，就該說是「施行腹部手術」。在本質上，它是文明的，人道的，挽救人命的，儘管開腸破肚的形式相同，意義可就完全不一樣了。

古人作文章，講究開宗明義，我這番閒言閒語，總算事出有因，勉強稱其爲「剖腹記」釋題罷！辛辛苦苦畫了一條龍，提筆點睛，總是樂事，且讓諸位看看咱們救世活人的醫生，是怎樣施行他們文明而人道的剖腹的吧?!

剖腹記

一、說故事的大夫

去年冬季，我因腎臟結石，住到某個大醫院裡去。結石這種毛病，說大不大，說小不小，如果石頭不肯自己下來，肚皮上勢必要挨上一刀。我雖不是膽小如鼠的人物，但對肚皮挨刀的事，心裡總是忐忑不安，尤獨對於自己這座五臟廟，有愧然之感，十個文人九個窮，平素沒能善於供奉，使它經常半飢不飽，一旦有病，卻又使它先受其刀，實在太不公道了。

在醫院裡，照看我的，是一個很年輕的實習大夫，我跟他談起腹部手術的事，他笑話我是少見多怪，他說：

「這也難怪，因爲你從沒生過大毛病，就把開刀看成畏途。其實，在這種大醫院裡，開刀房有好幾處，每天進進出出動手術的，也不知有多少？……在這兒動手術，保險得很。」

「假如在旁的醫院呢？」我笑問說：「你的意思是……還有不保險的地方？」

「那當然，」他說：「我是學西醫的，我可不敢說所有替病人動手術的醫院，設備

都夠水準，醫生的技術和醫德都是好的。前沒幾天，門診部送來一個病人，他患的是疑似盲腸炎，但他說他是開過刀的，——幾年前，曾在一個鄉鎮的私人外科醫院裡，動過盲腸切除手術，這不是出了問題了嗎？」

「好！」我說：「我正想聽故事，故事就來了。一個切掉盲腸的人，會再得疑似盲腸炎?!究竟是前一個私人醫院的大夫蒙古呢?還是你們的門診大夫蒙古呢？」

「你說那天我們醫院的門診大夫蒙古？」他跳起來笑說：「那可滑天下之大稽！——那天的門診，是我們主任自己看的，他是當代很權威的名醫。」

「你說那個病人，後來究竟怎麼來著？」我說：「我極有興趣弄弄清楚。」

「我很忙。」他說：「實在沒時間跟你聊完這個故事，——其實這可不是故事，這是真真實實的大笑話。那個病人已經在咱們這兒重新開了刀，如今正躺在外科病房，你要是有興趣，過兩天不妨去看看他，讓他自己講給你聽吧！」

「噯，慢點兒走，大夫，那個病人睡哪個床位?叫什麼名字？」

「噢，」他搖著手裡的聽診器說：「下午我打聽一下，弄清楚了，再告訴你好了。」

我必須承認，這位實習大夫剛說了一個開頭的故事，觸動了我好奇的興致。當然，作爲一個職業作者，尋覓題材更成爲我職業性的習慣了。說得更露骨一點兒，我在醫院裡花去的費用，必得從醫院裡取回來，我到哪兒都抱著這種念頭，要不然，哪曾有寫不完的題材？這位實習大夫所講的故事，雖然僅僅是開頭，但一開頭就那麼吸引人，就像一個包裝得很精緻的禮物包，只等著我打開它罷了！……

「盲腸開了刀，又得盲腸炎?!」那天，整整一個上午，我就在喃喃的獨自玩味著這兩句話。

二、拜訪

實習大夫遞給我一張字條，上面寫的是張泰安，男，年齡：四十二歲，籍貫：江蘇沛縣，第十七病房，第九床。……有了這張字條，我更非去揭破這個謎團不可了！

我去拜訪這位張泰安先生的時候，他剛開完刀沒幾天，臉色黃黃的，躺在病床上，用吸管喝豆汁。

「我是聽著那邊的實習大夫談起你的事，特意過來看望你的。」我開門見山的說：「你不介意吧？」

「當然不介意。」他說：「開了刀，躺在這兒悶死了，正缺個聊天聒話的，你老兄是？」

我遞過一張名片，他看了，開心的拍著枕角說：

「好！好極了！我心裡正嘀咕著，我遭遇的這回事，憋在心窩裡，能把人給氣死。若是遇上個作家，原原本本把它寫出來，那該多好？……甭客氣，我是你的讀者，做夢也沒想到，會在這兒遇上你。」

「我不是新聞記者，」我笑笑說：「小說也不是報導，你的遭遇，我只能當成原始素材看。」

「怎麼寫法，那是你的事。」他說：「寫出來，對旁人有好處就行了！」

「你早先得過盲腸炎？」

「沒有。」

「那爲什麼實習大夫說你曾經在另一家醫院裡開過刀？」我追著問說。

「嗨，那全是我自找的！」他搖頭苦笑說：「幾年前，我一度失業沒有事幹，碰上一個當海員的朋友，朋友說：『老張，你腰粗胳膊壯，正是幹海員的好材料，找個機會上條船得了！』……我一想，好在自己光桿一條，一人飽，一家飽，到哪兒不是一樣，上船就上船吧！朋友答允幫我的忙，臨走問我盲腸拿掉沒有？我說：『你問這個幹嘛？我沒拿！』朋友說是關係大得很，……『你想想，初次上船，不定就上得了大船，咱們一般船隻，醫護設備都不夠，經年累月的在海上飄著，萬一你得急性盲腸炎，到哪兒請大夫去？那不是白白送命嗎？你要真打算上船，我勸你最好開次刀，把盲腸先割掉，免得那冒失鬼日後胡搗蛋！』……我想想，他說得有道理，便回去湊合一筆錢，找個醫院動手術的。」

「不錯。」我點頭說：「主動割盲腸的事很多，毛病究竟出在什麼地方呢？」

「誰曉得?!我也不曉得！」他有些氣憤上來了：「我到鎮上，找著一家外科醫院，醫生問我看什麼病？我說要割盲腸。醫生說是要割盲腸，那太容易了，手術費三千五打八折，隨到隨割。我花掉兩千八百塊，躺上手術檯被麻醉。怎麼割的？我也不曉得。醒後肚皮上多了個刀口，就是那麼一回事！我忘了告訴你，兩千八，不算輸血的錢，醫生拿著血瓶子一晃，我又補了一千六。八六一四，一共四千四。我一想，四千四，兩個四，花錢不要緊，單望日後上了船，事事如意就成了！」

「你上船後怎麼樣呢？」

「啊，很好啊！我在船上三四年，什麼病也沒得過。我開刀割盲腸，肚皮上的傷口好得很快，兩天就下床了！甭看那家醫院不大，手術倒乾淨俐落。」

「既然動過手術，把你的盲腸早拿掉了，你爲什麼又要來這兒再挨刀來著？」

「媽的，真是活見鬼！」他罵說：「我到現在還沒弄懂呢？我去年在岸上找到新差事，不再上船了。前沒幾天，跟朋友進館子，喝了幾盅，回家鬧起肚子痛來，乖乖，一

痛痛得不得了，滿臉焦黃，黃豆大的汗粒子直朝下滾，好幾個朋友來看我，都以爲是胃穿孔，雇車把我送到這兒來的。」

「這兒的醫生怎麼說呢？」

「這兒嗎？……當時我疼得迷迷糊糊的，一個戴眼鏡的醫生，護士叫他主任的來看我，掀起我的上衣，在我肚子上左捺右捺，摸魚似的摸弄老半天，最後竟皺起眉毛，跟我說：『按照症狀判斷，你得的是，嗯，極可能是急性盲腸炎！必得馬上送開刀房開刀，再晚就沒有命了！』」

「你當時怎麼跟他講呢？」

「有啊！我一面痛得嗬嗬叫，一面強忍著問他：『醫生，我這肚裡的盲腸究竟有幾條啊？』那醫生聽了，一臉孔不高興，瞪我一眼說：『你病成這樣了，還有心腸開玩笑?!——盲腸每人都只有一條，哪會有幾條?!』我當時被他一堵，心裡也生了氣，回叫說：『那你就不對了，你沒看見我肚皮上的刀疤？——我是動過闌尾切除手術的，盲腸早已切掉了，哪還會得盲腸炎？你是蒙古來的，當什麼主任?!』……。」

「後來他怎麼辦呢？」

「他嗎？他聽了我的話，呆楞了一會兒，兀自搖著頭不肯相信。過後他要護士出去，找來好幾個醫生，一道兒看視，大夥兒都跟著搖頭。我的朋友看我疼得不能再講話了，他們便幫著我，跟那些醫生爭論，說我的確是開刀割過盲腸的。這樣爭爭鬧鬧的鬧了一會兒，那個主任說了，他說：『你們是送你們的朋友看病來的，是不是？管他有盲腸也好，沒盲腸也好，他肚子疼得不能忍總是事實，咱們這樣再爭下去，你們這位朋友就要走後門了！（即從太平間出去。）如今只有兩條路，一條是：你們既不信任本院的診斷，立刻把他帶走，送到你們信任的醫院去。一條是跟我們合作，先救人要緊！』……朋友也沒辦法了，就說：『您看著辦吧，病人總比醫生低一等，誰叫老張他生病的呢?!』那主任也沒心腸理會這些負氣的話了，他叫說：『快替他準備，送開刀房，把肚子拉開來看看，我的判斷，仍然是急性盲腸炎！』就這樣，我被硬抬到床上推進開刀房去的。」

「結果究竟怎樣呢？」我問說：「是上次手術出了問題？還是這兒的主任診斷錯誤，讓你白挨了第二刀？」

「誰曉得啊?!這種大醫院，開刀動手術的人這麼多，……我只曉得醒後傷口疼，他們把我推到一個病房，又剛轉到外科病房，誰替我開的刀？我也不曉得。」

我噓了一口氣：

「那戴眼鏡的主任還沒來看過你？」

「還沒有。」他說：「剛剛我問過護士，她說要等主任來查房才能見得著他。」

「嗯，」我點頭說：「還是沒見結果就是了。」

「我躺在這兒不能動。」他說：「我要能下床走動，非馬上跑去找他不可！」

「這樣吧，」我說：「好在我有空，我去探聽探聽看看，有了結果就先來告訴你。」

儘管病人的身體很強健，究竟剛開過刀不久，經過這一番談話，他也顯出很疲憊的樣子，無力的閉了閉眼睛。我站起來，拍拍他的手背告辭說：

「我走了，你好生歇著，不要把這事放在心上。」

離開外科病房，我想一想，事情的經過情形，這位張泰安說得夠清楚了，但醫生自會有醫生的看法和說法，我非得找著那位實習醫生，請他想法子讓我面見那位戴眼鏡的主任不可！

要不然，謎團還是謎團，那還有什麼意思？

三、意外的結果

事情很順利，當天我就見著了那位戴眼鏡的主任，問起有關張泰安開刀的事情。

「嘿嘿，你問得好。」他笑著說：「我行醫這許多年，也還是頭一回遇著這種尷尬的怪事。昨天開刀房把結果送來，我才恍然大悟。我把這件事，特別當成專題，告訴那些初來實習的大夫，要他們對本身診斷建立信心，不要過份聽信病人的陳述，這就是最好的例子。」

「不知主任有沒有興致，把這事說給我聽聽？」

「我倒不是沒興致，只是沒時間。」他說：「好在我剛剛都跟實習大夫詳細說過了，就讓他們跟你說吧！」

我無法把對方硬拖住講述這故事的結果，在這種病人極多的大醫院裡，醫生有時忙得連張開嘴打呵欠的空子都沒有；這樣，一直等到晚上，我才碰到原先講這故事的那位實習大夫。

「嗳，」我招呼說：「故事是你提的頭，我兜問了一大圈兒，還是有頭無尾。怎麼樣？還是由你來結個尾吧？——主任說，他業已跟你們講過了！」

「不錯。」他說：「尾巴是在這兒，我知道得比別人早，因爲那天主任替姓張的看病時，我站在旁邊。」

「那更好，你可以講得更詳細了。」

「說真的，我真有些不好意思講。」他訕訕的說：「我若說出來，等於摑了同業的嘴巴，那就不合隱惡揚善的原則了！」

「你說這話，不會是當真的吧？」

「當然不是真的，」他這才正容說：「那天，那個張泰安送到院裡來，主任詳細替他診斷過，認爲確是急性盲腸炎，但當病人抗議說是他曾經動過盲腸切除手術的當口，我偷眼瞧瞧，主任那張臉，真有些掛不住的樣子！……本來嘛，恁是哪個權威醫生，他的眼都不是X光，不敢說他的初步診斷都是正確無訛的。」

「這個，我業已聽張泰安本人說過了！」我說：「他還先問一個人身上盲腸究竟有幾條？主任說是一條，他才罵主任是蒙古大夫的。」

「這一點，我不能同意。」他說：「一般病患總把醫生當成神看，期望過高，要求太苛了！好像醫生就不能出一點兒錯，出了一點錯，就罵說是蒙古大夫，其實，醫生跟一般人一樣，也都是血肉凡人，哪怕他臨床經驗再豐富，也難免有看走了眼的時候。……像我這當實習大夫的，每天都得替病人抽血，打鹽水和葡萄糖，病人的要求總是『一針見血』，你要戳他三兩針，他就瞪眼罵開了。有一回，我替一個老先生抽血，他的靜脈太細，針尖挑下去老是滑動，他惱火起來，問我如今是什麼朝代？我說民國六十年，他說：『錯了，我看我是活在元朝，……你抽血像這樣抽法，連蒙古大夫都談不上，該是蒙古獸醫，——把我當成牛馬消遣。』……我說：『老伯，你的血管實在太細了，看都看不見。』……你知他怎麼回我？他說：『我的血管要有多粗你才能打得進去？我的血管要像自來水管一樣粗，這個針還用得著你們專門學醫的來打?!』……你也許認爲我在講廢話，其實不是，那個張泰安，是不該用那種粗暴的態度來責罵我們主任的。」

「啊，我明白了！」我笑著說：「說了半天，你是在替你們的主任護航？」

「開玩笑?!我們主任若真出了錯，我就不說這番話了。」他極爲認真的說：「老實講，一個醫生，只要是兢兢業業，誠誠懇懇的替病人看病，就是挨了罵，也還算是個好醫生，即使技術不到家。也總慢慢學得精的。所以我說，蒙古大夫並不可怕，最怕的是沒有醫德，存心欺騙病人的那種醫生，病人受了騙，蒙在鼓裡，這種專門『蒙』人於『鼓』的大夫，才真是殺人不見血的毒傢伙呢！」

「好了！」我說：「你甭忘記，我不是在和你討論醫學觀念，我只是在等著聽故事的。」

「我知道。」他說：「我簡單明瞭的告訴你吧，……張泰安被送上手術檯，外科大夫拉開他的肚皮，你知怎麼著?!——他的那條自以爲早經割掉的盲腸，仍然原封沒動的釘在他的腸子上。」

「那你是說?!……」我驚怔得有些張口結舌，連話也說不下去了。

「哪還用說罷?!」他大聲的說：「原先那家私人開設的外科醫院，存心要騙人的把

戲，他們收了張泰安的手術費，用麻藥把他麻醉之後，只是把他的肚皮開了刀，根本沒拿盲腸，立刻再把傷口縫上，等到病人醒了，一看肚皮上有傷口，當然會乖乖的如數付鈔。」

「啊！怨不得那個張泰安一直誇說原先那家醫院的手術動得乾淨俐落，原來他們只開肚皮，不動內部，傷口當然好得快了！」

「這種騙術，只適宜於主動去割盲腸的人。」年輕的實習醫生說：「你想想看，一個人在一生當中，患盲腸炎的機會是微乎其微的，他騙了病人，病人當時根本不會知道，這可不像買東西，可以自己挑揀，看清真假好壞，然後再買。盲腸這玩意兒，長在自己肚子裡，他說割掉了，就是割掉了，──你總不能扒開傷口看看割掉沒有吧?!張泰安如果這回不真患盲腸炎，也許他會被騙一輩子，到死還以為盲腸已經拿掉了呢！」

「他還算是幸運，離船上岸發的病。」我說：「假如在海上發病，那不是白送命，連死也糊裡糊塗不知是怎麼死的嗎？」

「可不是？」年輕的實習醫生說：「那截盲腸，手術室已經用瓶子裝起來了，要拿去讓張泰安看個明白，要不然，他那整頭腦瓜子，顛倒是非，混淆黑白，一直還把騙子當良醫，把救命恩人當成蒙古大夫呢！」

「嗨！」聽完了這個結果，我真的嘆起氣來了：「一句話說絕了，正正經經的醫生，確實不好做。難怪你剛剛說話帶火，……聽了這個故事，原來就怕剖腹的我，更加怕進開刀房了。假如遇上那種鬼醫院，哪兒算開刀動手術？簡直是替人『切腹』嘛！」

「切腹？」他思索了一下，微笑說：「你形容得極爲恰當，不過，這種『切腹』跟東洋人自己切的不同，這種是找人代『切』，還要照章收費的。」

「不全是照章收費，」我說：「還加上人情兮兮的八折優待呢！」

說著說著，兩個人都像著了魔似的笑起來。

如果這不是醫院，如果我不是在病中，我會痛痛快快的笑得很響，但這是病室，不容許我縱聲大笑驚擾旁人。笑而噤聲，我不知這是怎麼一種笑法？……這真的是個笑話嗎？——一個主動去切除盲腸的人，白白被人切開了肚皮?!我笑著，一邊流著眼淚，一心是可笑的悲哀！

野廟的緣由

在古老中國的胸膛上，多的是奇怪的廟宇，那些非正統的廟宇，供的並不是佛經裡提名道姓的菩薩，有的供人，有的供仙，有的供鬼，有的供妖；像蛇啦、狐啦、黿啦、馬啦，甚至山精木怪之屬的邪物，幾乎是應有盡有；民間對於這些沒有僧侶的祠或廟，通稱為「野廟」。野廟的信徒們，非儒、非釋、非道，但它們卻顯示了民間的信仰和對於原始神秘凜懼的心胸。

一般說來，每座野廟的形成，都有它神奇怪異的傳說存在。這些傳說，經過衍轉流佈，變成眾多大同小異的紛紜，它們就那樣的密植在人心裡，從流液般的童話，逐漸凝結成某種很難揭脫的黏性觀念。

我們對那些野廟，若加仔細分析，不難發覺它有著很多種類型，一類是感恩式的；像某些地方官吏造福一方，德澤長存，或為民捨命，使萬眾感泣，後有人夢著某官，自言已受封為城隍土地等等，民間便會為其集資建廟。即使對象是非人，像老黿在早年供水，馬王在荒野馱人，樹神指引迷途，使人免入虎口狼腹，狐仙為人逐魔治病等等，視轉言流佈的影響，都有建廟的可能。

另一類卻是被迫式的；像一些河妖水怪，常常托夢示警，恐嚇居民，逼其建祠建廟，奉若神明。而河堤一旦潰決，洪峰高湧的慘劇，大多數人都曾親身經歷，懼怖萬分，妖物既然貪求無饜，何不忍讓三分，花錢消災解厄，不失為一個辦法。於是，像什

麼黑風廟，八大王廟，甚至九頭鳥廟，也都紛紛建起來，使若干邪物妖孽，也大派派的自居神祇，坐享人間的香火供奉了。

忘卻自何時起始，我忽然關注起屹立荒涼曠野的那些野廟來。在山邊，在水涯，在茅草叢生的叉道口，綠樹蔭覆的小村頭，它們靜靜的立著，沒有金碧輝煌的琉璃，沒有莊嚴肅穆的紅牆，沒有晨鐘、暮鼓和嫋嫋的梵音；那些野廟，多半是很久之前就建築起來的，從瓦面黯色的苔蘚，牆磚被鹽霜剝蝕的痕跡去看，它們立在那裡，已不知經過若干世代了，它們像是滿臉風霜的老人，馱負著許多荒緲的傳說，向後世兜售著。

再沒有誰會認真的相信那些，現世代的人們似乎忘卻了史冊之外的民間歷史的真容，傳言從那些曾經活著的嘴裡流出來，那些人也有過同樣荒緲的心胸。而怎樣去苛責逝者呢？如今他們是一撮民族的泥土了，誰能唾棄他所踏的泥土?!正因有無數骸骨的滋潤，我們的泥土才豐沃起來，不斷迸茁新芽！

也正因時光不能倒流，對於往昔，我反而有一份特殊的憧憬，很想回到那些墨色的傳言裡去，揭起沉重的帷幕，一覘那些溫柔敦厚，知所感恩，也深懷懼怖的心胸……。

想聽這一類野廟的故事嗎，那就請點起蠟燭來吧，讓我們一道兒融入傳言，融入荒緲。你們不妨把它當成中國的童話看吧。

——作者

血光娘子廟

看守青禾的田家郎阿旺，獨自坐在他搭在田隴上的看青的草棚子裡，懶洋洋的望著棚外那片玉蜀黍田。黃昏時分，天上堆著許多浮動的雲塊，霞光軟柔得帶些濕意，使人拿不定夜來的天氣究竟是晴是雨？

草棚子又低矮，又狹窄，地面上鋪了一層半乾的玉米葉子，棚頂掛著雨簑衣和一盞沒點燃的馬燈。即使夜來落雨，他也得點上馬燈，披上簑衣，到黍田四邊去轉上幾圈兒。遇上豐足的年成，倒不擔心偷青的賊，但野獾狗總是很討厭的東西，牠們是偷青的高手，就算腰裡插著短柄銃，也不容易打著牠們。這兒離山腳較遠，不常遇上山豬，萬一遇著山豬，那可更痲纏了。山豬不是小賊，而是一群胡作非爲的強盜，牠們成群闖進玉米田，任性糟蹋剛吐鬍子的嫩玉米，用蹄子和笨重的身軀撞倒玉米莖子，更用尖嘴亂拱一氣，簡直能把地面給刨翻。

原住山窩子裡的阿旺沒有田地，專靠替人打短工，幹雜活過日子，這回受雇替丁二叔家看青，丁二叔管吃住，一個月還送給阿旺六吊錢的工資。甭說得人銀錢替人消災的

話了，丁二叔找到他，就是白幹，阿旺心裡也是樂意；丁二叔是個老好人，四十出頭，還沒見子息，二嬸兒早在十幾年頭裡，替他生過一個閨女叫招弟，招弟這名字的意思，就是巴望她能招來弟弟的意思。

「招弟呀，招弟噯！」

這樣叫著盼著的盼了十來年，二嬸兒好不容易才懷了第二胎，肚皮鼓鼓快臨盆了，偏巧趕著這季莊稼亟需人手的時候，哪能再讓她裡外兩頭忙？……丁家老兩口沒把阿旺當外人看待，每年農閒季，都請他來打雜活，擔擔用水，劈劈柴火，磨磨糧食，餵餵牲口，事情極輕鬆，工錢又算得厚，吃飯一桌子吃，遇著好些的菜餚，二嬸兒還搶著朝他碗裡夾。

「阿旺，你多吃些，正是發骨膀的年紀！」二嬸兒她總這麼說。

真是的，每年冬天都在丁家過，一盆子紅燄燄的旺火，一屋子的人語和笑聲，比酒還要溫熱，過慣了那種日子，真有些怕起山窩子裡的荒寒冷落了。

「二嬸兒她這一胎，要能生個白胖的男孩，該多好?!」阿旺心裡這麼想著，一面便自言自語的說出來了。

逗著玉米快成熟的季節，黃昏時總是悶鬱鬱的散著濕熱，阿旺覺得有些無聊，便伸手到瓦罐裡去，抓了一把鹽炒的乾豆子，慢慢嚼著。乾豆是招弟親手炒了送過來的，炒得迸脆的，粒粒香，竹筒裡的竹葉茶，也是招弟燒的，招弟是個很可人意的好閨女，阿旺拿她當自己的妹妹看。現在，天逐漸逐漸的黑下來了，阿旺不願再想什麼，他微微閉上眼，半躺在他的南瓜枕頭上，輕鬆的伸了伸腿，看守青禾的人，都在夜晚忙，他必得養養精神，等到天黑定了好派上用場。

蚊蚋在他耳邊嗡鳴著，遠處有斷續的蛙噪，阿旺倒巴望夜來能落場小雨，沖沖涼，把一野的鬱熱給沖掉。這樣懶懶的，在等待中迷盹了一會，天真的黑定了。他伸了個懶腰，挺身蹦起來，走出草棚子。

回頭朝後面望望，座落在高高屋基上的丁二叔家還透著燈火亮。二叔他半下午自己牽牲口去把收生婆接回家，說是二嬸兒肚疼，轉眼半天過去，也不知臨盆了沒有？更不知究竟是男？是女？阿旺心裡有些著急。轉念一想：著急也是乾著急，自己在這兒看守青禾子，總不能扔開莊稼不管，跑回去看個究竟？

原以爲天會落場雨，沖沖涼的，如今起了風，把天頂堆積的雲塊都刮跑了，四野乳氣騰騰的起薄霧，月亮雖然出來了，一野仍是朦朦朧朧的，天不落雨也好，陽氣旺盛，二嬸兒她極可能得個男胎，阿旺這樣的希冀著。他側過耳朵仔細諦聽，丁家住屋靠田頭很近，只隔一排低枝的桑樹林子，假如嬰兒落了地，他想他該聽到啼聲。

「對了！」他跟他自己說：「二嬸兒要是生男胎，他會哭得很宏亮的。」

他聽了一陣，只聽見蚊蟲的嗡嗡，蛙鼓的嘓嘓，和一陣風來，玉米葉子窸窸窣窣的擦響；卻沒聽見嬰孩啼喚，敢情還沒到時辰，他噓了一口氣，這樣的轉著念頭。正在這時候，阿旺忽然看見一條恍恍惚惚的人影子，從那邊彎路上走了過來，霧濛濛的像落著毛毛雨，他實在看不清來人是誰？是不是偷青的賊？……若說發聲喝問罷，又嫌太冒失了，人家正正經經的走在路當央，又沒踩荒下禾田，怎知人家是來偷青的？他只好悶不吭的蹲下身子，看著那條人影子，等到看清他想幹什麼再講。

人影撥著霧朝近處走，阿旺這總算看清楚了，來的是個紮著包頭巾的少婦，霧裡看不清她的面貌，打她的行姿和身段上看，也不過二十出頭的年紀，她穿著一身印花布的衫褲，手臂間還挽著一個小包袱。

這是一條通到丁家住屋的叉路，除非她是去丁二叔家，不該岔到這條路上來的？阿旺暗自納悶著。丁二叔家的親朋戚友，他都熟識，但他完全不認識這個年輕的女人，他想不透，一個年輕輕的單身婦道，夜晚出來幹什麼？

那女人走到路邊的一棵老柳樹底下，忽然停了下來，踮起腳尖，朝亮著燈火的丁二叔住屋那邊張望著，好像在打探什麼動靜？她這樣鬼祟的行動，不禁引起了阿旺的疑心。看樣子，她不像是個歹人，假如她真是丁二叔家的遠親，就該一直走過去敲門，用不著這樣猶猶疑疑的待在這裡？阿旺決意不吭聲，瞧瞧她到底要幹什麼?!

那女人望了一陣，把手裡的小包袱塞到樹邊的草叢裡去，躡著腳步，慢慢的朝丁家宅院走過去。阿旺不願驚動她，離她一截路，悄悄的尾躡著她。女人穿過低枝的桑樹林子，爬上丁家的屋基坡，站到亮燈的那扇油紙窗的外面，阿旺躲在桑林背後，偷眼瞧著。

不瞧倒還好，越瞧越覺得事情有些蹊蹺難解。

女人所站的那間亮燈的窗子裡，正是孕婦丁二嬸兒的產房。二嬸兒估量就快臨盆了，屋裡的燈火忽明忽暗的飄搖著，時見人的黑影在窗上忙碌的旋移，因爲衣袖帶風，才會牽動燈火燄舌的罷？側耳細聽，隱約還能聽見二嬸兒輾轉呻吟的聲音，和收生婆嘮嘮叨叨勸慰的聲音：

「忍著點啦，二嬸兒，孩子如今正在肚裡轉頭呢！再疼上三兩陣，就會見頭了！」

而站在窗外的那個年輕婦道，竟然湊到燈火照亮的窗光裡去，伸出舌尖舐破窗紙，用一隻眼湊上去偷窺。

若是在平時，阿旺火性一動，就會直奔過去，一把將她扯住，逼問個明白了。但他恐怕這樣一嚷嚷，會使產婦受驚，轉念又想起女人藏進草叢去的小包袱來，若想查明她的居心，何不趁她在屋外偷窺的時辰，先跑到那棵老柳樹下，撿起她的小包袱，打開瞧

瞧，看她那包袱裡頭到底裝著些什麼鬼東西?!

路熟腿快，打定主意的阿旺，很快就奔回路邊那棵老柳樹下來，從草叢裡撿起那個花布小包袱，打開來就著朦朧的月光一看，我的老天！那包袱裡包著的幾樣東西，該是人做夢也夢不著的，——一個血淋淋的衣胞，一莖奇形怪狀的黑樹葉子，和一張像血光紙大小，上面繪著硃砂符咒的文牒。

一個老早就聽人講述過的恐怖的傳說，像閃電般的掠過阿旺的心底。說是陰世各式各樣的凶鬼死裡面，有一種是因分娩而死的婦人，她們因前世冤孽，受了血光之災，死後陰司不收，只發給她們一紙自找替身的文牒，她們便成了血光鬼，又有人稱她們叫胞衣鬼，因爲她們常在夜晚變爲人形，到處飄蕩，尋找應劫的替身。

這些胞衣鬼儘管能變得和人一樣，但她們總離不開這個花布小包袱。那張畫滿符咒的文牒，使黑白無常和夜遊神不會阻攔她們，那個血淋淋的衣胞，是她們遭劫橫死，准覓替身的證物，只有這莖奇形怪狀的黑樹葉子，阿旺不認得，也沒曾聽人說過。

不管怎樣，有了文牒和衣胞在，阿旺業已認定剛剛見著的那個年輕的婦人，定是傳說裡的血光鬼無疑了，怪不得她在月夜裡來，趴著丁二嬸兒的窗口偷窺的?原來她是想趁二嬸兒滿胎足月開產門時，拿她當替身，奪她母子倆的性命!

阿旺這樣一想，心裡著實氣忿不過，妳血光鬼找替身，損人利己，業已很不夠意思了，妳就找遍這一方，也不該找到丁家二叔和二嬸兒的頭上?!兩夫妻，一對老好人，遇寒施衣，遇飢施食，半生沒做過一宗損德的事，上天不替他們添福添壽，已經不公平了，哪還能容血光鬼來奪他們的子息，又取二嬸兒的性命?!

「哼！」阿旺冷哼了一聲，咬牙說：「也算是天意，今夜讓妳遇上我阿旺，絕不容妳在這兒佔半點便宜！」

由於時辰迫促，阿旺便拎起那個花布小包袱，奔回他看青的草棚子，找出一支鋤頭，在草棚子背後挖出個土洞，把那個包袱埋下去，再移塊草皮，把上面鋪妥，使人看不出新土的痕跡。

阿旺雖是憨樸人，辦起事來，可是又快當，又精細。埋妥小包袱，他到小溪裡洗淨鋤頭，又洗淨了手，然後再回到看青的草棚子裡躺著。

既然遇上這檔子關乎人命的大事，那只好把看守青禾的事扔到腦後去，專心籌謀著怎樣對付那個血光鬼了。事實明擺著，那個血光鬼，收藏起她的小包袱，悄悄走近丁家宅院，是先去探路聽動靜，等到二嬸兒產門大開，血光崩現前一剎，她定會轉回來取她的鬼包袱的，世上事沒有那麼簡單，那個血光鬼發現她的包袱不見了，一定會找遍這附近的地方，找到自己頭上來。

當然，人不必找著鬼鬥，就是逼不得已，鬥鬼也該鬥男鬼，人鬼雖有陰陽之分，女

鬼究竟仍是女流之輩，自己跟女鬼鬥，不論動口動手都不方便，但情勢把人逼到這個關口上，使他非想法子應付不可了！

阿旺能想到的法子，就是儘量的拖延時辰，拖到那邊的二孀兒胎兒落地，過了難關，那女鬼就無法可想了！當然，這並不是最妥當的辦法，……只要那文牒和衣胞還回血光鬼的手上，她不害二孀兒，也會去害旁的人，他就這樣的在黑裡胡思亂想著。

時辰過了並不太久，在月光的乳暈裡，那穿花布衣衫的年輕女人，飄漾飄漾的回到路邊老柳樹下來。她帶著急匆匆的樣子，探手到她收藏包裹的草叢裡摸索，東摸西摸，摸了半晌沒找著她要找的東西，便很不安的站起身來，朝四邊逡巡張望，不一會兒，她看見了阿旺所搭的那座看青的草棚子，便沿著雜草叢生的田埂，慢慢走了過來。

阿旺躺在玉米葉子上，枕著那隻南瓜枕頭，故意閉上眼，裝著假寐的樣子，兩眼瞇覷瞇覷的留了一條縫，一逕瞧著她，等她先開口。

年輕女人對著草棚門站著，乳色的月光灑在她的臉額上，很標緻的一張鵝蛋臉，配上水盈盈的眼和彎彎細細的眉，真夠稱得上似玉如花。那張臉帶著一絲勉強擠出來的笑意，但和她冷冷白白的臉色很不相稱，兩者硬是摻和到一起，便顯出很僵涼的樣子。

阿旺故意放鬆鼻膜，細聲細氣的發出微鼾來。

女人事急，實在沒法子再按捺了，曼聲開口叫說：

「看青的小哥，看青的小哥！我……我想向你問件事，——我剛剛藏在老柳樹下草叢裡的小包袱，小哥你有見著沒有?!」

阿旺翻了一個身，希裏哈啦的吐出一些夢話。女人更顯出焦急的樣子，走到草棚子門口，蹲下身，輕輕推搡著阿旺的肩膀，把剛剛說過的話，又從頭說了一遍，不過，越加顯得情急罷了。

這一回，阿旺不能再裝睡了，他翻身，揉眼，打著懶懶的呵欠，裝出剛醒迷的樣子說：

「呵?妳這位小嫂子，怎麼半夜三更跑到這兒來，是摸迷了路了，敢情是?」

「不是。」女人說：「我是來找我的包袱來的。」

「包袱?什麼樣的包袱?」阿旺站起身，驚訝的說：「哎喲喲，小嫂子，這可就不對路了!妳的包袱在哪兒丟了到哪兒去找，怎麼會到我這看青的草棚裡來呢?」

年輕的女人急得直跺腳，有些心神不屬似的，一會兒抬眼去望丁二叔家那扇亮燈的窗子，但遇著阿旺這樣人，她只好耐著性子說：

「我剛剛把小包袱放在那邊的老柳樹底下，找個隱密的地方行個方便（小解之意），誰知也只眨眼功夫，再回來找包袱，包袱就不見了。」

阿旺眨眨眼，嘴裡沒說心裡話：這真是個伶牙俐齒的血光鬼，大睜兩眼衝著人說鬼話，她明明是舐破了丁二嬸兒產房的窗紙偷看動靜，偏要謊說去行方便，如今，橫豎東西在我手裡，妳怎麼來？我怎麼去！也要妳曉得我阿旺這種人也不好對付就是了！

「哎喲，小嫂子，不是我說妳，妳也著實太粗心了！」他做出關切的樣子，陪著她著急說：「這兒莊稼要熟了，夜來多的是偷青的賊，過路時，一腳踢著妳的包袱，還不是順手牽羊，拎了就走！沒名沒姓的，妳到哪兒找去？」他說著，攤開兩手，聳聳肩，一付愛莫能助的樣子。

「我是問小哥你見著沒有？」年輕的女人眼珠轉動著，露出冷然的、狡黠的神情：「如今是夜晚，旁的地方沒見著半個人影兒，你要是存心跟我開玩笑，拿了我的包袱，就請趕緊還給我，我還要趕去辦急事呢！」

「我沒拿，真的沒拿，小嫂子。」

「我不信，」女人有點氣惱了：「這可不是逗趣的時辰，算我在這兒央求你，你拿了，還是還給我吧。」

「嗨呀！」阿旺說：「我真拿妳沒辦法，我坐在這兒看守莊稼，跑去拿妳的包袱幹什麼？我這草棚子，總共就是這麼巴掌大一塊地方，不信，我點起馬燈來，讓妳照著搜，怎麼樣？」

那女人又抬眼望了一次透霧傳來的燈光，這回她再也按捺不住了，虎的變了臉色，退後一步，指定了阿旺，嘿嘿冷笑說：

「我那包袱，認定了是你拿去的，你把它收藏起來，東一言西一語的戲弄我，你再不拿出來還我，我立刻就要變臉了。」

「我說沒拿就是沒拿，妳要變臉，我又有什麼辦法？」阿旺死不認賬說：「可惜這兒沒有人，要不然，我們找人評評理去，世上哪有硬賴說人家拿妳包袱的?!」

「跟你實說了吧，」年輕的女人說：「我是女鬼，我那包袱裡，有要緊的東西，你不給我，我變了臉，可不太好看！」

儘管她話裡充滿恫嚇的意味，阿旺卻是橫下了心。

「我也跟妳實說了吧！」他說：「妳那包袱是我拿了，文牒和衣袍，我絕不給妳拿去害人，我早知妳是血光鬼，我就是要等妳變鬼臉給我看！」

話說到這兒，雙方都已把話說絕了。血光鬼曉得撕破了臉，不給對方一點顏色，這看青的小伙子是決不肯把包袱還給她的了。於是，她朝天噓出一口氣，那霧和月亮，在阿旺的眼裡，立刻變成慘綠的顏色，年輕的女人搖身一變，哪還是原先的模樣?!只見她披頭散髮，一臉青鐵色，鼻孔、耳眼和嘴角，全流出泛黑的血來。

她嘴裡發出咄咄的尖叫聲，一雙冒綠火的眼，直射在阿旺的臉，她探出黑鐵般的鬼

爪子，直朝阿旺身上撕撲過來。

阿旺曉得在這種時辰，要是心虛膽怯的話，準會被當面的鬼物迷倒，他心裡想到解救丁二嬸兒母子倆的性命，膽氣就豪壯起來。他彎腰抓了一把溼土，朝臉上一抹，也變得黑不溜秋的像是一張鬼臉，他兩眼灼灼的瞪著女鬼，吱起兩排牙齒，鬼跳，他也跳，鬼叫，他也叫，那個血光鬼居然拿他沒辦法。

不過，人和鬼相持相對的時辰並不久，正在彼此糾纏時，阿旺忽然聽見丁二叔的宅子裡，傳出宏亮的嬰兒的初啼聲，那個鬼忽然彷彿失去了力氣，停住手，一步一步的朝後退，遠遠指著阿旺說：

「看青的小哥，你！你太狠心了！讓我錯過這次找替身的機會，你可高興了吧？」

「小嫂子，妳也得體諒我的苦衷！」阿旺說：「丁家二嬸兒是天下一等老好人，行善積德半輩子，我怎能眼見她受血光之災?!」

「這好了，」血光鬼說：「這你可如了你的心願了，——那包東西，你總該還給我了吧？」

「還?!」阿旺曉得血光鬼也不過這點兒伎倆，越發頭昂昂的說：「衝著妳剛剛那付惡形惡狀的鬼模樣，衝著妳剛剛要把我一口吞掉似的嘴臉，我可沒那麼好說話，就那麼心甘情願的把包袱還給妳。」

「好啦，我的小哥，」血光鬼曉得無法再耍硬，聲音立時變得柔軟甜蜜起來：「你不喜歡，我再變回來就是了，我不是向你討包袱，我是在央求你。」

一場驚濤駭浪總算過去了，阿旺坐回他的草棚子，血光鬼又變回她原先的俏模樣，不，那要比原先更俊俏，更嫵媚，坐在阿旺的身邊，口口聲聲央求他，要他把包袱還給她。

可憐阿旺長了廿來歲，從沒像今夜這樣的接近過女人，尤獨是像這樣年輕，這樣標緻的女人。他把馬燈光捻得小小的，多讓棚外的月光照著她，那年輕的女人在月色映照中，更顯出楚楚可憐的樣子。

「嗨，」阿旺聽了她的央求，嘆了口氣說：「不是我的心狠，小嫂子，在世為人的人，總會為旁人著想，我若是把那包袱還給妳，妳有了文牒和衣胞，一定會去找替身，找著誰，不就是害了誰嗎？」

「小哥，」女人淒然的說：「你光為人想，怎不為鬼想來著？今夜我是鬼，早年我可也是人，旁的鬼拿我當替身時，你在哪兒？你為什麼不救我？讓我帶著胎走上黃泉路，……我能怪誰？只怪自己命苦……。」

說著說著的，她就嚶嚶嚀嚀，傷心的啜泣起來。

「甭哭，甭哭，有話慢慢好商量。」阿旺被她哭得心慌意亂的。

「還有什麼好商量的？」年輕的女人怨訴著：「你年輕輕的，在世上快快樂樂做人。哪能體諒到我們做野鬼的苦楚？喝不盡的冷風，吃不盡的露水，陰司不收，陽世不管，長年飄飄蕩蕩的，連個落腳的地方全沒有，成天只巴望著能找到替身，……這種苦跟誰訴去？」

阿旺默默的聽著，也點著頭。

「這樣吧，」年輕女人想起什麼來，一把抓住阿旺的手說：「小哥，你若肯把那包袱還給我，包袱裡有三宗物件，文牒和衣胞對你沒有用處，我願意把那莖黑樹葉子送給你，有了它，你很快就會發大財，用不著再幫人家熬夜看青了。」

「有這麼回事？」阿旺好奇的說：「就憑那張小小的黑樹葉子，怎樣能發大財呢？」

「那並不是一般的樹葉。」年輕的女人說：「那是打隱身神樹上採了來的隱身符，人若把它帶在身上，就是大白天穿房越戶，旁人也見不著你的影子。」

「啊！」阿旺連忙擺手叫著說：「這不成，這不成！妳這是存心慫恿去偷人家？我阿旺恁情窮苦一輩子，憑力氣混飯吃，手摸胸口心不潮，夜夜安穩的伸著腿睡覺，叫我帶上隱身符，取那些不義的錢財花用，我是說什麼也不幹的。」

「嗨！」這回該輪到女人嘆氣了：「小哥，你那腦子是一塊死木頭，斧頭也劈不開你，誰叫你去偷人家的錢財來著？……我曉得世上有許多人，專取不義的錢財，我幫著你，把那些錢再取回來，讓你去做好事，不成嗎？」

「也不成。」阿旺說：「我的腦袋沒那多紋路，妳還是讓我住在山窩子裡，做個打短工的吧。」

「我求你求了半夜，話算白說了。」年輕的女人怨忿的說：「你的意思是，讓我永世做個孤魂野鬼，過這種不見天日的日子？」

「我倒有個辦法，」阿旺想著說：「妳不是說，妳常常餐風宿露，沒有落腳的地方嗎？……等我幫丁二叔忙完這季莊稼，我回到山窩子裡去，搬石塊，砍木頭，好歹湊合著，替妳修造一座廟，讓妳能有香燭紙馬，也有個遮風擋雨，落腳的地方。」

「啊喃喃喃……」年輕的女人激動得哭泣起來：「我真沒想到小哥你竟有這等的好心腸！我們初次見面，彼此名不知，姓不曉的，……但，像我這樣苦命薄福的野鬼，哪配進廟呢？那時刻，只怕土地爺過來，一拐棍就把我給打走了！」

「這個妳放心，」阿旺理直氣壯的說：「普天世下，哪座廟不是人立的？就憑妳剛剛放過了丁二嬸兒的功德，妳就能進得廟了！哪個土地敢找妳的麻煩，我就去砸爛他的破瓦缸，拔掉他的鬍子！」

「這話可是你說的，」年輕的女人站了起來說：「你是世間至性人，能讓我有塊遮風擋雨的地方，使我能領你一把香火，我情願不再要那包袱，不找替身，也不再想轉世為人，歷那些生、老、病、死的劫難了！」

阿旺傻傻的望著她，女人逐漸退到月光裡去，水溶溶的月色浸浴著她的全身，她的俏麗的鵝蛋臉發著光，含著淚的黑眼是那麼瑩澈，她全身的姿影，顯得那樣柔和，那樣輕盈，……這真是極為奇怪的感覺，當她說出不再找替身，不再想轉世為人的那一刹，化除了投胎慾望的鬼魂，哪還有半分鬼氣？繞著她的那一圈兒陰森的鬼氣，立即消散無蹤，月光把她的影子淨化了，她真彷彿有了神的形象啦！

是風把霧雰吹動了呢？恍惚連月色也起了波浪，她的影子越退越遠，越變越薄，薄到像月光一般透明的程度，在風中，在霧裡，跟著那麼一搖晃，便再也看不見了！

她消失之後，呆呆的阿旺，才想起一宗極為要緊的事，——忘掉問她年里和她的姓名。

而廟，終歸要有個名字的。

「就叫它血光娘子廟吧！」阿旺這樣對他自己說。

丁二嬸兒這胎生了個男嬰。

秋收過後，打短工的阿旺捲起他的小行李捲兒，回到他那荒寒冷落的山窩子裡去了。對於丁二叔家添丁，他一樣興高采烈的道喜，但他從沒對誰透露過他看青那夜所遇著的事情。

秋風在山窩子裡打著急勁的迴旋，摘光了林木的葉子，使身後連綿的山峰，現出石嶙嶙的、原始的容貌來。年輕壯實的阿旺，在山上走動著，立廟也得選個好地方，供她那樣的人才不會使她受委屈。

最後他選了一塊平台，正在他自己住屋的背後。

地既選妥了，他就忙著修平地基，雖說不是經營大廟，但他只是一個人，夠他忙碌的。築廟用的地面上，有好幾塊連根凸起的大石頭，稜角尖尖的像是巨大的竹筍，阿旺只有採用笨法子，用大鐵鑿，一鑿一鑿的敲碎它。他用形狀整齊的石塊，混和著黏性的稀泥砌成石牆。樑和柱的木料，是他攀爬到更高的山上去，在野林裡一株株砍伐來的，伐木容易運木難，爲建這座廟，從高山朝下運木的滋味，阿旺算是深深的嚐著了。

那種連皮的長木被伐倒之後，阿旺使手鋸鋸斷它的杈枝，再用芟刀草草修削了，按照長木倒下後附近的地形，分別使用槓桿撬撥，或是繫以粗索拖拽，到了斜坡較陡的地方，再用橫滾法把長木推落下去，有時候，一支樑木，得花費掉他一整天的時辰。

也不知打哪兒來的一股野性的力量，橫亙在阿旺的心窩裡，使他發狂似的幹著這樣

的重活，天氣變得更寒冷了，每到凌晨，山野間全鋪上一層白白的濃霜，劃過光禿禿的林木的枝椏，風聲是一種尖尖細細的悲泣，彷彷彿彿的，阿旺總以爲聽著了發於幽冥的遊魂的叫喚，他幹得更加勤奮了。

遇著秋獵季的季尾，幾個老獵手揹著獵簍經過山窩子，瞧見阿旺那樣幹傻活，都估量他是爲他自己築新屋，一個笑著跟阿旺說：

「敢情是忙著娶老婆過年啦，阿旺，瞧你忙乎的這個樣子！」

「我不是在蓋屋，」阿旺說：「我是在蓋廟。」

「是啊！」老獵手用曖昧的聲音打趣說：「你蓋的是如意廟，參的是歡喜禪，供的是丁家的招弟罷？」

他們說著，拍手打掌的鬨笑著，留下一路的笑聲，遠去了。阿旺抬起頭，望著他們遠去的背影，發了一會兒怔，又吸了口氣，拾起他暫時停下的工作來。

無論在什麼時刻，他眼前總晃動著那年輕女人的影子，浸浴在水溶溶的月色裡，她發光的鵝蛋臉，瑩澈的黑眼睛，她那樣柔和，那樣輕盈的姿影，都彷彿在慰撫著他，使他忘記了辛勞。

而她怨訴的聲音，也常在他耳畔迴響著：

「小哥！你年輕輕的，在世上快快樂樂做人，哪能體諒到我們做野鬼的苦楚？喝不盡的冷風，吃不盡的露水，陰司不收，陽世不管，長年飄飄蕩蕩的，連個落腳的地方全沒有，……這種苦跟誰訴去？」

這聲音化成如怨如訴的風濤，化成窸窸窣窣的落葉的低語，不斷催促著他。是的，冬天轉眼就要到了，不論在平原曠野，或是山窩子裡，人歸家，畜歸欄，獸入洞，鳥回巢，天地之間，只留下一片冷漠荒寒，一個留在幽冥裡的孤魂，倒是怎堪忍受啊?!

藍色的晨霧漸消，初陽的金輝射在高高的林梢上，阿旺更發力的做著工。他砌妥石牆的牆框，再釘起兩邊的山架，重活幹起來異常的費力，儘管他只穿著單薄的衫子，一股熱騰騰的汗氣，還是穿過他的衣衫蒸發出來，看似蒸騰的白霧。

一座看上去極為粗糙，但卻極為笨實的野廟，終於在天落頭場大雪時造妥了。石牆、木架。山茅草繕成的頂子，廟裡也有石砌的神台，石鑿的香爐和燭檯，卻缺少一座血光娘子的雕像。

找誰呢？這一帶鄉野上，根本找不著雕刻匠，即使能找著，打短工的阿旺也出不起那樣的價錢；真的，阿旺想：求人不如求己，還是自己動手罷。

有了這個主意之後，阿旺就冒雪上山去，找著一棵酸棗樹，鋸下一截樹身拖運回來，用釘鎚和鐵鑿做工具，慢慢的雕鑿起來。他從沒學過雕鑿這一行，做起來笨手笨腳的，他認真的雕著，心裡想著那女人的影子，他儘力想讓那影子在這塊木頭上面逐漸凸

現出來。

若是在往年，到了這種戶戶圍爐的時候，年輕的阿旺早就下了山，到丁二叔家幫忙去了，他過慣了那樣溫溫暖暖的冬天。但今年，阿旺決計不下山，他要把那年輕女人的木像雕妥，安放在神台上，讓她在天寒地凍的時辰，領一份紙箔，受一把香火。

爲著一個名不知姓不曉的女鬼，整整賣了一秋一冬的力氣，阿旺一點兒也沒懊悔過，反而覺得非常快樂。逢著雪霽天晴的時刻，他就把作凳（**一種做木工用的長凳。**）放到廟前的陽光下面，用鐵鑿挖刻那個木像。陽光照著積雪的樹梢，歡快的三喜鵲兒，喳喳喳喳的，這個雪枝追逐到那個雪枝，啄下的碎雪，常飄到他的手背上。

阿旺分不出心神觀賞陽光下的雪景，他仍然專心的鑿打著，叮叮的錘擊聲，一波一波的撞向遠處去，和遠處啄木鳥的啄木聲相和相應。

雕像就快完成了，那是一座剛好有一個人那麼高的立像，腳下嵌著一塊方方的木座。阿旺把它豎立在太陽下面看，那是一尊看來可笑的木像，渾身上下，都充滿了粗糙的稜角，那些有凹凸的表面，看似許多斑點。

「看來只好讓妳這樣了。」他對那雕像說：「我沒有那麼好的手藝，只有一片心意。」

說著，他就扛起那座雕像，把她放在神台上。

那天傍晚，為了驅走那種雪後的尖寒，阿旺在自己的屋裡生了一盆荊棘火，獨自烤著。廟總算建成了，雕像也有了，阿旺想著想著，覺得還差了一樣要緊的東西，——一方題有廟名的匾額，而這個阿旺沒有辦法自己動手了，他是個目不識丁的粗人。

是誰在外面輕敲著他的柴笆門？一個聲音在叫喚著他：「阿旺，阿旺可在家？」明明是丁二叔的聲音。

「是丁二叔？」阿旺說：「我就來開門。」

拎著燈籠的丁二叔，一進門就埋怨起阿旺來：

「我說阿旺，今年你是怎麼了?!難道非要我親自上山來請你，你就不去幫忙?……你二嬸兒有了奶孩子，更分不開身，裡裡外外雜事，都得麻煩你去照應，頭場雪落過了，不見你的人影兒，害得我們全家都在念著。」

「不是的，二叔……。」

沒等阿旺出口解說，丁二叔就截斷了他的話頭。

「我曉得你在幹什麼，」丁二叔說：「我早聽著有人跟我講過，說你在蓋新屋，後來又聽人說，你不是在建屋，是在蓋廟，你好好的怎會發瘋邪蓋起廟來的？」

「二叔，您就是不問，早晚我也會到您那兒去，跟您說明白的。」阿旺說：「廟蓋妥了，只差一塊匾，我不識字，也不懂得這『血光娘子廟』五個字是怎樣寫法。」

「什麼血光娘子廟？……你這是在替血光鬼立廟？」丁二叔跺腳說：「血光鬼是專門害人的東西，難道你沒聽說過？」

爲了消解丁二叔的疑惑，阿旺不得不把事情的原委，一五一十的跟丁二叔講述，壓後他說：

「二叔，您想想看，世上有不少勸人爲善的，我若能勸鬼爲善，也是一樁功德，……她失去文牒和衣胞，永也不會再去找替身了，我總該給她一個地方，使她得一份香火吧？」

「阿彌陀佛！」丁二叔閉上眼，宣著佛號，雙手合十說：「經你這麼一說，血光娘子廟這塊匾額，該我來獻才是，……鬼能脫去惡業，就是地仙了！」

歲月不息的輪轉過去，人們一代一代的凋謝，一代一代的成長，丁二叔一家人和短工阿旺都不復被人記憶了，但那座古老的血光娘子廟，仍然立在荒涼的山窩子裡。廟身屢經修建，還保持著當初那種粗糙笨實的樣子，廟裡仍供著那尊由短工阿旺手雕的神像。正因爲聽來荒緲的傳言，還在民間普遍流佈著，當地多數的人還熱切的信奉著這位改邪歸正的血光娘子，相信祀祭她，可以保祐產婦的平安……。

八頭烏廟

在烏樹崗子那種荒冷的地方，人們都在傳說裡長大的，很古老很古老的年代，很古老的故事，總在墨黑的夜裡輾傳著，那些傳說像滾滾滔滔的黃河之水，……沒有誰去追溯它的源頭。

年輕的義官兒還記得當初祖母講過的那些故事。荒冷的地方，天彷彿也黑得很早，祖母坐在土牆邊的燈光下，癟著沒牙的嘴，緩緩的吐出聲音來，那些聲音，化成許多透明的泡沫，在義官兒的心裡浮盪著，盪出許許多多的形象來。也都是墨沉沉的底色，那些故事裡的人物，和古怪的精靈們，總在活動著，使他難以忘記。

烏樹崗子上，長滿了綠森森的樹木，崗下的田野是荒涼的，一眼望到遠處的天腳，再也找不到另一個村莊。義官兒和老祖母，住在崗腳下唯一一座村子的村頭上。烏樹村說來並不算小，原也有五六十戶人家，也許日子過得太貧寒，太勞苦，又接二連三的遇上災荒和時疫，村裡的人，死的死了，散的散了，使許多村舍變成無人居住的廢屋，人煙更顯得稀落起來。

義官兒總弄不明白，爲什麼那些傳說會那樣的淒苦，那樣的恐怖?!祖母講過流寇的故事：說是流寇是天降的妖魔，流寇初起時，天驚地變，夜夜聽得見地心響銅鼓，流星拖著好長好長的紅尾色，一顆顆的，像雨一樣的落著，那是主刀兵的兆示。說是獻賊闖賊大起叛亂，殺人如麻，當地百姓恨極了，促使官府挖他們的祖墓，毀掉墓裡的妖異，讓他們不能再興風作浪。挖開獻賊祖墓，墓穴裡盡是黃螞蟻，成團的密結在一堆，足有柳斗那麼大。闖賊的祖墓在三峰子的亂山裡面，穴裡留著盤大的燈盞，棺裡的屍骸已變成駭人的怪物，渾身黑得像炭塊，額頭上生著一撮子白毛，後腦蓋上有個錢大的窟窿，窟窿裡爬出一條小蛇，一見到天光就昂起頭來，咄咋有聲的尖叫著，工人用鐵鍬打死那條蛇，竟發現那條蛇頭上有角，腹下有爪，遍身鱗甲，極像染血的土龍……。

既是天降的妖孽，屠戮善良彷彿就是該當的了，在更古遠的朝代裡，造反的黃巢也正是那樣，殺人殺得不夠數他便不會封刀。老祖母每說起這一類宿命的故事，便會滿懷顫慄的哀嘆著：

「唉，黃巢殺人八百萬，在數難逃啊！」

聽著那衰老的哀嘆，便有一些景象，像水紋般的，在眼前晃動起來，……說黃巢作亂時，殺人盈野，有個當初對黃巢有恩的人，自覺黃巢或可念起舊情，不會殺到他的頭上；一天，他站在門前看望黃巢的亂兵過境，遇著一個披袈裟的老和尚，那老和尚朝他望了一眼，便對他說：「施主，貧僧看你印堂青暗，轉眼就有殺身之禍。」那人搖頭不信說：「有這回事?!老師父，黃巢殺人幾百萬，他可不會殺到我。」……「那可不一定。」老和尚說：「走到劫數上，躲還躲不過呢！」

老和尚說了這些，頭也沒回，雙手合十，一路唸著阿彌陀佛走掉了。

那人想想，覺得老和尚說的話也有道理，黃巢手下亂兵那麼多，成天殺人殺紅了眼，哪能分得清誰是誰?還是小心謹慎，找個地方躲一躲穩當。

他找來找去，找到路邊一棵空了心的古樹，便躲到樹洞裡去，心想：恁是什麼地方，也不會比這兒更穩當了!誰曉得黃巢盤馬過來，一見這兒是恩人的家鄉，便下令禁止屠殺，他四下裡瞧瞧說：「人是不殺了，我就拿這棵古樹試刀罷！」說著，掄起他的金背大刀，猛然一揮，古樹攔腰分成兩段，樹洞裡吉裏谷碌滾出一顆人頭來，——黃巢是錯殺了他的恩人，才發誓封刀的。

這一類恐怖的、宿命的故事，像一缸陳年的醃菜的滷汁兒，把無數人心浸在裡面醃泡著，泡得酸酸苦苦的。烏樹村這一帶若是遇了旱，人們便會想起遍身長紅毛的旱魃；若是遇上蝗蟲，人們便會想起蝗蟲神；起瘟呢?那是瘟神爺鬆開了瘟蟲袋的袋口；五穀不豐，怕是罪惱了青禾神……不論人們遇上什麼樣的天災地劫，冥冥中都有著神怪妖魔在主使，沒有誰會懷疑那些，言之鑿鑿的傳說，早就做了詳細的解釋。

死心塌地，就已死心塌地到那種程度：連嗨嘆一聲，都是愚昧多餘的，旁人會說：

「這都是命苦，有什麼好怨嘆的?!」

在烏樹村裡，這種淒苦的命運，業已變成一朵朵壓在人眉梢額際的烏雲了。連著好幾年，烏樹村遭遇過太多的災劫，在荒旱缺雨的日子裡，火毒毒的日頭曬得遍地生煙，滿山的烏柏樹都焦捲了葉子，空氣乾燥到那程度：劃火就能點得著。好容易捱過大旱，接著又鬧起大澇來，傳說雨後掛龍尾，山裡龍起蛟，蛟穴有磨盤大，穴裡的水頭朝上湧起，足有三丈來高。水退後，瘟疫蔓延，各種怪病都滋生起來。

義官兒的一條腿，就是害了穿骨疽殘廢了的。

傳說說了些什麼呢?它好像只說了從古到今，人的日子總活得很艱難，天災和地變，都是魔劫，人，必得順順服服的忍受那些。像這一回落到烏樹村的災劫，有人便說是妖異的八頭鳥帶來的。

日子像封了蓋口的深井，漆黑無光，苟活下來的村人，儘量把自己團縮在低矮的小茅屋裡，八頭鳥的故事，卻掛在人們顫慄的唇上。

說八頭鳥原本是九頭鳥。早在極古老的日子裡，就有著這麼一種妖禽，牠只有一個身子，卻有九個頭，牠的羽毛是漆黑的，眼裡暴射著綠光；牠的每一個頭，都像是鷹頭，有著鐵硬的鉤喙，這種妖禽，身體碩大無朋，總趁著黑夜，從極高的天上飛到人間來，覓人爲食。及至後來，牠所吞噬的人骨骸，堆成一座白色的骷髏山，怨氣直沖霄漢，上界的玉皇知道妖禽爲虐，差了二郎神去捕拏牠。那妖禽全不畏懼，仗著牠的鷹嘴利爪，和二郎神交戰起來，幸虧二郎神手下的神獒上前助陣，一口咬破了九頭鳥的一個頭，使牠負創滴血。從那時起始，九頭鳥便變成了八頭鳥，不敢再像當初那樣肆無忌憚的害人了。

人們仍然相信，這妖禽並沒被捉上天宮去伏誅，牠只是暫時受了傷，逃匿到九天之外去，但仍會趁著黑夜，飛回人間來，發出極爲不祥的怪聲啼叫，並且牠那受創的頸項仍在滴著血，那血跡更爲不祥。誰要是聽著八頭鳥怪異的啼叫聲，那個人一生都會走霉運，誰要是不當心踩著了八頭鳥斷頸間滴下的血印子，那，更會患染瘟疫，沒法子醫治。

生了病的老祖母最相信這種傳說，也最忌憚不吉的八頭鳥了。在很多個黑夜裡，她反覆的跟義官兒講述它，她埋在密密皺摺裡的老眼，充滿了茫茫然的恐怖的神情。

「奶奶還怕什麼呢？義官兒，」她平靜的、緩緩的吐話說：「奶奶活了這麼一大把年紀，業已是快進棺材的人了，奶奶是替後世人擔心喲，……你想想，二郎神有那麼大的法力，加上神獒犬助陣，也沒能把那妖禽拏住，有一天，那妖禽治好了牠的斷頸，人，又要遭浩劫了！」

老祖母這樣說時，義官兒只能眨著眼聽著，他是用古遠傳說哺餵著長大的人，他不能不相信這些。世上有很多事，對義官兒來說，都是黑漆漆的，解不破的謎。爹是那一年冬天，上山去採樵失了蹤的，有人說：怕是遇著豺狼虎豹了；有人說：多半掉進雪窟窿裡去了！而媽是害瘟病死的，是她夜來聽見八頭鳥的叫聲？還是她踩著那妖禽灑落在山野間的，不祥的血印了呢？爹和媽死時，他還不能記事，爹和媽的影像他也記不起來。老祖母紅著眼說起他們來，義官兒只覺得那是一個故事，——跟那些古老傳說同樣沉黯淒慘罷了。

黑裡究竟有多少妖魔鬼怪，瞪大燈燄般的綠眼，窺瞥著人世呢？幾乎每一個夜晚，他把多汗的、潮溼的手掌掩在忐忑的心上，都在苦想著這個。

烏樹崗子從三面圍繞著這個荒寒的村落，逗上秋冬相交的季節，夜來降濃霜，一片苦寒。儘管山村有掃不盡的落葉，使每戶人家的黃泥火盆裡，都能保有一盆爐火，但那盆多煙的死火，卻烤不熱寒透的人心。老祖母睡著了，義官兒仍常獨醒著，聽著呼呼怪吼著的風聲，遠遠近近打著迴旋，在那一剎間，義官兒會駭懼得把瘦小的身軀緊縮成一團。那風的潑吼，乾葉的窸窣，一切的動靜，都彷彿是妖物撲來的聲響，那些妖物化成黑暗，黑暗又化成遮天蓋地的牙齒，格格作響，要把烏樹村整個村莊，連人帶屋給一口吞噬掉。

黑夜有流不盡的那麼長法兒，非等極度的恐懼把人磨得痲木了，自覺人已不是人，只是一些被捆綁在黑夜裡等待妖魔的活餌，那時刻，雞的啼聲才會招回人被嚇得離了竅的靈魂。而白晝來時，義官兒總咬牙忍耐著，沒把這種感覺跟老祖母說過。

換是白天又怎樣呢？村上人從也沒因得著暫時的喘息快樂過。有人說是在崗子上見到一片銅錢大的血點子，以爲那就是八頭怪鳥流下的血，要不然，怎會使整個村莊染上瘟疫呢？

灰雲背後的太陽，淡淡的一片白，照著茅屋的屋脊，和一些圮頹的土牆框子。有些生瘟疫的人家，簷前掛著篩子，上面貼著黃紙符咒；有些人敲打著黃盆，在屋後的林子裡，用哀泣的聲音在喊著什麼；義官兒曉得那種關目，他們是想喊回病重的家人的魂靈。他扶著自己釘的木拐棍，一跳一跳的走著。土牆框子外面，留下許多灘焚化紙箔後的黑色紙灰印兒，貼地的小風吹起黑紙灰，在人頭頂上滴溜溜的打著盤旋。又有人家出殯了，薄薄的白木棺，只有四個人抬著，家人走在棺後，一路喃喃的撒著紙錢，沒有喇叭，也聽不見哭泣。人打土裡來，又回到土裡去，彷彿就是那麼一回事，——死人也死的太多了。

那邊的牆腳下，蹲著幾個人，在竊竊的談著什麼。義官兒走過去，看見說話的吉家老嬸兒，眨著她的爛紅眼，一臉難過的樣子。

「我想不會的，老孀兒。」一個姓柴的男人說：「天下這麼大法兒，九頭鳥這種妖禽，怎會偏偏揀上咱們這一方？」

「說了你們不相信麼？」吉家老孀兒又眨起眼來了，她那爛紅眼左邊的上眼皮上，有個核桃大的肉疙瘩，一眨眼，那肉疙瘩便跟著搖晃起來：「這幾天夜晚，我總在夢裡，被什麼一種怪聲音驚醒，……極像惡鳥的叫聲，又彷彿像是人語。」

「妳是聽著九頭鳥的叫聲了？」

吉家老孀兒用衣袖擦擦她見風流淚的眼：

「哪裡是什麼鳥叫來著?!窗外烏漆墨黑的，我打窗縫朝外看，哎喲，你們知我看見了什麼？……我看見一個黑影子，拎著一盞暈糊糊的燈籠，隨風飄盪著，它一面飄移，一面這麼叫喚：『給我一點鍋灰，給我一點鍋灰啊！』……那聲音，啞啞幽幽的，像遠遠的地方，有人在叫魂一樣。」

「九頭鳥變的，敢情是！」姓柴的男人說：「誰都曉得，整圈的鍋灰印子，能治那妖禽的傷口，牠要是能騙得那種鍋灰，治好傷口，只怕世上的人，又要遭大劫了！」

「整圈的鍋灰印子，牠是永遠也騙不去的。」一個老頭兒說：「誰都曉得鏇鍋的時候，邊鏇邊踏，把鍋灰踏亂掉，不讓那妖禽採了去療傷。」

「你能不給，牠能硬討，該怎麼辦呢？」吉家老孀兒憂急的說：「不信你們夜來放警醒些，留神聽著，那怪聲音還會再來的……。」

自從吉家老嬸兒這麼一說開頭，緊接著，更多附會的傳言就把烏樹村的人心攪亂了！有人跟吉家老嬸兒說的是一樣的話，硬說三更半夜，聽到半虛空裡，有聲音這樣幽幽叫喚著：

「給我一點鍋灰，給我一點鍋灰啊！」

有人夢見九頭鳥伸著八個頭和一隻血淋淋的斷頸，對著他大聲喊叫，逼他獻出一圈完整無缺的鍋灰。有人更以為烏樹村遇著的災劫和瘟疫，都是由這隻妖禽帶來的，若不及早設法，全村很快就會死絕了。

「這該怎麼辦呢？」有人猶豫起來。

「是啊！」吉家老嬸兒駭懼得有些昏亂了，在這一連串的災變中，她算是受害很深的一戶，一家五口，都已先後入了土，只賸她孤苦伶仃一個人了：「咱們在世為人，命當忍災受劫，哪能鬥得贏那些妖魔鬼怪?!」

這當口，村裡年紀最長的胡老公公摸著鬍子說話了，他咳著說：

「鬥得贏鬥不贏是一回事，就算烏樹村的人死絕了，咱們總不能把一圈兒完整的鍋灰拿去，讓那妖禽治好傷口，興風作浪的去害普天下的人。」

「老爹說的不錯。」姓柴的男人說：「不過，妖禽有牠的妖法，咱們委實鬥不贏

牠，何不退讓一步，替牠蓋個野廟，供給牠一份香火，我這個折衷的法子，並不是縮頭怕事，只是花錢消災罷了！」

「對啊！」姓柴的幾句言語，立即就有許多人嚷著附和起來。

「慢點，慢點，你們聽我說！」胡老公公大聲說：「妖魔鬼怪這類邪門玩意兒，就像世上的惡人一樣，你越是退讓，他越是得寸進尺，咱們能跟豺狼虎豹講退讓罷？那妖禽既是吃人不吐骨頭的物事，咱們就不能拿牠當作神佛看待，讓牠進廟，爲牠焚香燃蠟，叩頭膜拜……。」

但人們無心再聽胡老公公的話了。災劫和時疫，磨蝕了人們的心膽，他們你一言我一語的，儘在商議著爲八頭鳥立野廟消災的事，使喊啞了喉嚨的胡老公公用拐杖頓地，氣暈在背椅上。

年輕殘廢的義官兒，只有白著臉聽話的份兒。他從沒眼見過那些活躍在傳說裡的鬼怪妖魔，儘管無數形象，早已刻印在他的心上，彷彿那些非人，都藏匿在流液般的黑暗背後，也都是像由黑暗所化：黑暗把人心染透了，浸蝕成一個黑窟窿，一切傳言，全從人心的黑穴裡流溢出來，反覆浸染他們自己。能怪得那些爲八頭鳥蓋野廟的鄰舍麼？他們早已忍受不了家破人亡的災劫了，算是胡老公公的話有道理，他們卻再也沒有跟那傳說裡的妖禽敵對的膽氣，他們只求退讓苟活。

就這樣，一座怪異的八頭鳥廟，在烏樹崗子上被人立了起來，正像無數荒僻的鄉野上，供奉那些威迫民命的山精海怪一樣。

看來是極不打眼的一座小野廟，泥牆草頂子，不過半人高，廟前安奉著一塊粗木牌位，刻上八頭鳥神之位的字樣，兩邊放有香爐蠟燭台。廟不高，但比起低頭屈膝，頂禮膜拜的人來，它畢竟還高了一截兒。

而烏樹村的災劫，並沒因爲人們向那妖禽低頭略微減少一些。在冰封的臘月裡，朔風和大雪把人鎖在沉黯的小屋裡，每夜義官兒入睡時，總會懷著驚懍，側耳聽著風號，那彷彿已不是風聲，卻是八頭妖鳥得勢時所發出的狂笑，那是使人膽戰心驚的笑聲。

即使到了天寒地凍，風雪交加的季節，盤旋的瘟疫仍然在村裡蔓延不絕，早先死了人，還有一口薄木棺，後來只能使蘆蓆捲了。饒是這樣，老祖母還堅持著她那種宿命的論調，認定人生在世上，就是來經殃歷劫的。

胡老公公說的再好，有誰相信呢？

天交四九，老祖母的病變得更沉重了。裹在破棉絮裡的乾瘦的身子，不停的抖索，一盞缺油的小燈，睜開熬紅的倦眼，一眨一眨的望著她那張皺臉，——一張蒙了一層皺皮的活的骷髏。

義官兒怕祖母凍著，他得去抱些濕柴回屋來，把爐火升旺些。裡外奔忙了一陣子，

好不容易把帶雪的濕柴燃著了，再看老祖母的那張臉，業已逐漸逐漸的變得僵硬，彷彿就要凝固了，只有一雙黯淡無光的眼睛，還微含濕潤的盯視在義官兒的臉上。

「村裡人當真替那妖禽蓋了廟了？義官兒。」她喘息著說。

義官兒點了點頭：「除了胡老公公，旁人都願意花錢消災。」

「那是沒有用的。」老祖母說：「那妖禽只要療傷的鍋灰，不要香火，邪物天生是邪物，永也不會變成神的！人若供奉牠，只有越供越遭殃……。」

打著尖銳呼哨的寒風，像蟒蛇般的游過來，風頭掃下林木枝枒間積著的雪塊，噼啪有聲，氣如游絲的老祖母斷斷續續的說完這幾句話，便寂然闔上了眼。

義官兒驚呆了，雙手緊緊扭絞在胸前，直楞楞的望著這幅景象。老祖母像被冰凍在那裡，她那張沒了牙的，曾吐出許許多多傳言的嘴緊抿著，看上去是一個已經被封塞住的洞穴。她一輩子總是那樣深信傳言，那些古老的傳言如果是一條在黑夜裡流著的黑河，她就該是黑河裡的一道水流，但在最後，她卻說出她心裡的話來，——邪物天生是邪物，永也不會變成神的！就那恐怖的八頭鳥來說吧，儘管有人為牠蓋野廟，供奉香火，但牠仍然是一隻與人為敵的妖禽！這種朦朦朧朧的思緒，在義官兒心裡像游絲般的飄盪著。

半明半滅的燈燄不時發出跳動，義官兒只是痲痲木木的站在那裡，在這一剎間，空間和時間也都凝固了。他站著，沒有悲哀，沒有驚懼，傳言的黑水滔滔，黑夜滔滔，他是被泗溺在裡面的一個，黑水已漫過他的頸項，就要封阻他的呼吸，他是溺者，他心裡只有一個聲音，一個強烈的願望，他要脫溺攀登。

他終於從恍惚中醒轉過來，用破棉絮扯蓋住老祖母的臉，摘下土壁上掛著的套頭風帽，拾起他的拐杖，一跛一跛的開門衝了出去。

冰雪的世界裡，夜風帶著透骨的奇寒，殘廢了的義官兒一出門，寒風便把他扁瘦的身子逼得打顫，他沒有帶著燈籠，僅靠微弱的雪光照路，朝屋後的烏樹崗上爬過去，……「我偏要搗毀那座廟！」他心裡有著這麼一種冰冷的、執拗的聲音：「我倒要看看得罪了你，烏樹村還會壞到什麼樣子?!」

雪早落過了，積在地面上，沒有融化便接上了另一場冰寒，先被朔風旋到凹塘裡，變成一灘灘斑爛的白，面上已結成一層滑溜溜的冰殼兒了。義官兒心頭梗著一股氣，低著頭，哈著腰，一步一步的，順著烏樹崗崗腳朝上昇引的斜坡，費力的攀爬著。

好在他熟悉這座崗子，曉得那座泥牆草頂子的八頭鳥廟砌在什麼地方。儘管單靠雪光照路，也不會迷失在烏柏樹的林子裡。

崗子不很高，也並不很陡，但它朝後綿延得很遠，一直和背後的大山牽結在一起。那座八頭鳥的野廟，蓋在烏樹村正背後的崗腰上，算來也不過相隔百十丈遠，換在天氣

和暖的白天，換是個好腿好腳的人，爬這段路並不算得什麼。但在朔風怒號的深夜，四野是一片凜冽的冰寒，義官兒拖著一條廢腿，靠木杖撐持著，腳踩溜滑的冰面爬起來，那可是步步艱難了。

他朝上攀爬著，落山的風迎面撲來，像一堵塌牆般的迫壓著他瘦小的軀體。結成冰的雪殼兒又不把滑，他有好幾次滑倒在地上，差點把拐杖滑脫了手，但他仍緊咬牙關撐起身子，繼續攀爬著。

究竟爲什麼要像發了瘋似的，夤夜去搗毀那座供奉妖禽的野廟呢？義官兒自己跟自己也說不出什麼緣由來，只是抱有那種強烈的感覺和強烈的意願罷了！這些年來，他活在沉黯的小屋裡，怕餓、怕寒、怕災劫和春荒，但那些總還能撐得過，熬得過，只有老祖母的那張臉，他很難失去。每夜，展現在小燈下的那張順服憂愁的皺臉，不知帶給他多少安慰，多少勇氣?!黑暗化成無邊無際的汪洋，那張臉上偶露的笑容就是一堆礁石，使他雖觸及那些恐懼的傳言，並不會沉溺下去。

如今，那張臉就要埋進泥土去了，他不能被黑裡的妖魔鬼怪捺住頭溺死，他不願像上一代人那樣，不顧一切的只圖退讓苟安。假如人人都像胡老公公那樣明白道理，傳言就不會壓到自己這輩人身上來了。

他走進落了葉的烏樹林子，風掃落的枝椏間的碎雪，不時打在他的頭和肩上。他抬頭去看，深鉛色的天蓋，被縱橫的枝枒割裂了，那些枝枒露出猙獰的形狀，像鉤曲的鷹爪，就要攫食獵物一樣。

那邊不遠就該是那座野廟了。走著，走著，他忽然覺得四肢逐漸麻木起來，只有心窩巴掌大的一塊地方，還保有一絲溫熱，他抖索得那樣厲害，簡直無法自己左右了，走不上一會兒，便一跤跌倒在地上。

他心裡一直很明白，像積雪一樣的潔白明亮，最初，他用手掌捺著冰凍的雪面朝前爬著，爬到烏樹林子邊緣，能藉著雪光，看見那座供奉妖禽的小野廟，他極力喊了一聲，便停在雪地上不動了。

…………。

過了好幾天，才有人發現村梢小屋裡發生的事情，老祖母僵死在床上，義官兒卻不見了。人們循著留在雪殼上的腳印，找到烏樹崗腰的林子邊緣，緊捱著那座野廟，才覓著義官兒那孩子凍斃的屍體，他兩眼大睜著，一支拐杖，仍緊緊的握在手裡。

議論和傳言，又從許多張嘴裡悄悄傳遞起來，大半都和那斷頸滴血的妖禽有關，但大都屬於懷疑和揣測。真是的！那可憐的孩子，拐著腿，在他祖母死後離開他捓生著爐火的宅子，一個人摸到八頭鳥廟去幹什麼呢？

但這些總必會過去的，一代一代的人一樣會過去，野廟經風歷雨，自然也不會長

存。問題是藏匿在黑裡的鬼怪妖魔，永遠侵蝕著人心，使人心爛出一處黑穴，流出若干可怖的傳言來，像八頭鳥之類的，怪異的野廟，曾經被人立過，並且膜拜過。

當大夥兒向邪惡退讓的時辰，抗爭總是非常艱難的，儘管艱難，但從不會斷絕，義官兒就是個例子，——義官兒究竟爲什麼要爬到那座野廟前去？只有胡老公公懂得。那些對八頭鳥膜拜的人，是不肯相信的。

浮生片羽

在煢煢的燭光下，夜是一朵徐徐開放的白花，雀羽般的花瓣是一些傳聞和印象交織成的故事，——人生的故事。每品嚐苦澀的濃茶，我就會想起那些故事。也只有在夜晚，尤其是在簷瀝叮咚的雨夜，我才有閒情為你述說吧？

放印子錢的老女人（故事一）

放印子錢的老女人，住在她古舊陰暗的紅磚屋裡，那棟屋子從外面看，紅磚還有些隱隱的紅，走進屋再瞧，紅磚早就被長年久月的煙燻火烤弄成黑磚了。

她是那樣一個古怪得有三分狐狸味的老婦人，一身青布衣裳洗了又洗，洗了又洗，有些泛灰帶白，衣袖很寬大，但並不長。她坐在那隻被磨得發光的木椅上的時刻，總是裸露出她那兩隻骨嶙嶙的、黝黯多斑點的手臂。皺得起褶的皮膚下面，暴起一條條青筋，像粗大的綠蚯蚓，活活的在那薄得像一層油皮似的皮層下游動著，彷彿隨時會穿透皮層游竄出來。

那老屋的窗戶是用花磚嵌砌成的，幾乎透不進光來，全靠天窗的一塊黃光，映亮屋裡的光景。她常常像一尊木雕的佛像似的，坐在那隻椅子上，等待向她來借債的人。天窗的黃光映在她的臉上，無時無刻，使人覺得總像是黃昏。

黃昏的光，映著那個黃昏年歲的老女人的臉，不由不使人憐惜，……這個沒兒沒女的、孤伶伶的老婦人，手裡攥著大把的錢財能幹嘛呢？人生就是那麼怪異，當人把錢財打算得有千百種用處的時刻，偏偏手裡單缺的是錢，而那快要進棺材去的老婦人，偏偏就有的是錢，她只要活在世上一天，她就是有。

從沒有旁的人能進入她的精神世界裡去，直截了當的問：

「嗳！老太婆，妳沒兒沒女，一個孤老婆子，要這許多錢幹啥？妳死了，當真還能帶進棺材?!」

事實上，她是很老很老了！當這座紅磚屋子還是一座新屋的時辰，她跟所有的女人一樣的年輕過，像她這種女人，既沒有人作傳，飄漾飄漾幾十年的日子，若說留下一些痕跡，也只是在人傳講當中的星星點點罷了。好也罷，歹也罷，過去的畢竟過去了，古舊的紅磚老屋，還能整修整修，而人？……黃昏就是黃昏了啦！

天窗的黃光映著她皺得像桃核似的頭顱。稀疏得似有還無的白髮挽在後腦殼上，梳成一個痲餅大的小歪髻，半拖半墜著。一把青春的猛火，早就燒過去了，那只是一堆灰白的餘燼，甚至連一絲隱隱的殘紅也看不見了。

當真是一切成灰了？那也未必見得。放印子錢的老女人對於錢財的計算，卻從來沒放鬆過。她沒有學過算盤，也不會記賬，她計算每筆利債放出去的日期和對象，使用的是她自己想出來的法子。她把她的現款捲成一個個的小捲兒，揣在小布囊裡。她放款從不白放，對任何來借貸的人，她都要對方拿出金飾來抵押，比起一般的高利貸來，她所收取的利錢並不太高，但絕無倒賬的風險好擔，因爲她會事先把對方拿來的金飾，送到銀樓去鑑別，秤重和估定價錢，再按現値打八折把現款貸放出去，講明對方若不按期清繳利錢，她就沒收抵押品，——以多出的兩成作爲利錢，這樣，不但蝕不掉本，連利錢也有了著落。

此外，她也有著更多紙摺兒，請人替她寫下借貸人的姓名和拿來抵押的金飾的重量、成色等等，每天，她都把那些紙摺加上一個紅圈來表示日子；至於收來的各類金飾，她會用不同顏色的絲帶，把它們成串的拴繫起來，塞到她床頭的牆壁上的暗洞裡去，那是她自己才知道的秘密，只要移開一塊活動的磚頭，就是她收藏金飾的寶庫了。每到夜晚，她關起門來，都要就著燈光，反覆檢視她搓成小捲的票子，放款的紙摺兒，和收藏在暗洞裡的金飾，要不然，她就無法闔上眼睡覺。

這種對錢財的反覆計算，至少可以阻塞阻塞朝回憶開著的心靈的空洞。也許是到了那種年齡的關係，她對過往的日子，能記得的已經不多了，雲一塊，霧一塊，像是牆壁上的霉斑。

早先嫁給如今被她稱做死鬼的丈夫，他年輕時就是一個癆病鬼，本身沒能耐，又沒

有祖產祖業，讓她忍受貧困的煎熬。死鬼死的早，只留下這棟狹小的紅磚屋，擋得了風雨，卻擋不了飢餓，爲了餬口，她幹過不少苦行業。推著車子，在烈日下賣冰；替人漿洗衣裳；在市場的小吃店裡幫忙打雜；縫布鞋；編髮網。……時辰一分一分的過，錢是一塊一塊的積來的。一個姿色平常的女人，靠丈夫沒靠得上，沒兒沒女的一個人，若不依靠一筆錢財來養老，日後爬不動捱不動了，怎麼活？

說到改嫁，當年倒也有過那種機會，只不過運氣不好，動自己腦筋的男人，不是可靠的正經人，萬一一步踏進陷坑，那豈不是又得坑苦半輩子?!鄰居湯嬸兒就這麼熱切的勸告過：

「妳年近半百的人了，倒了一把撐天的傘，沒兒沒女的獨活在世上，哪有貼心貼意，可依可靠的人?……男人多半有狗性，吃了肉還想啃骨頭，妳賠上身子不算，還得把多年辛苦積蓄的一點老底兒，拿給他去吃喝嫖賭，胡花浪擲，妳有那麼傻法?」

談到積蓄錢財，湯嬸兒的話可就更多了。

「我說：妳積蓄錢財，真是第一要緊的事情，莫說陽世爲人，人人愛錢財，就連下到陰司做鬼，也會爲搶奪幾個燒紙錢打得呦呦叫呢！——從古到今，有幾個當真跳出三界外，不在五行中的?就說靠子女吧，子女有孝順的，也有忤逆的，只有錢財依著順著妳。」

斂聚錢財的癖好，恍惚就打那時起，更認真起來的，而且年紀愈大愈著了迷了。人在燈光底下數著錢，兩隻手臂乾瘦多皺，像兩根桑枝似的，不知哪一天，一口氣接不上就要死了，每當心裡有一絲寒意泛上時，她就會立刻丟開那種念頭，重新落到計算上來。人到七十眼不花，真算一宗開心事，她仍能看得清那一捲花花綠綠的票子，以及各種各類的，黃澄澄的金飾，她總是有錢貸放出去，才會有這許多抵押品的。一想到她有，她就滿足起來。人生在世，坐著吃利錢，要比當初在苦行業中打滾輕鬆多了，可不是？利滾利，像崩山落石一樣的快當。

放印子錢的老女人並不隱諱這些，她的熟人都知道她一錢如命的怪癖，不單對旁人計算得苛刻，就對她自己也是一樣。利債放了許多年，她該算很富有了，但她穿捨不得穿，吃也捨不得吃，花她一文錢，就像割了她身上的肉，再有人勸她，她也聽不進耳。她成天坐在外間那把椅子上。身後隔間的板壁上，懸著一個神龕，上面供著財神爺，整天承受大把的香火，把那張紅塗塗的臉燻得像鍋底般的黑了。她坐在那把椅子上，渾身顯得很僵硬，彷彿真有財神爺在替她撐腰，她嘴裡總嘰咕叨咕的唸著什麼。

「總有一天，她會爲錢發瘋的。」鄰居們這樣擔心著，也只是背地裡悄悄的議論罷了。

沒想到放印子錢的老女人真的很快就發了瘋，她從屋子裡跑出來大嚷大叫，說是有

人偷走了她一大串金飾。

「那是最大的一串！」她說：「四隻手鐲，十七個戒指，用綠絨繩紮妥了的，昨晚我還拿出來數過，誰知今晚就不見了！」

「再找找吧，誰會偷妳的錢呢？……門窗關得緊緊的，妳又待在屋裡沒出來。」

「是啊！」放印子錢的老女人也困惑得很，她睡在屋裡，那秘密的暗洞就捱在枕頭旁邊，門是栓著的，外牆也沒有破損，誰就會使隱身法，也拿不到那一大串金飾啊！自己想不透，可又不願跟鄰舍多講，怕說漏了嘴，被人知道她藏錢的地方。「誰知那天殺的賊是怎麼偷的？那全是借貸的人拿來抵押的東西，如今丟掉了，叫我拿什麼還給人家?!」

「若真是丟了，妳空嚷也沒有用。」有人說：「實在找不著，看樣子只有報警啦！」

警是報了警，不過卻是鄰居代報的；因爲失主本人在當天夜晚就上吊吊死了，上吊的繩子拴在神龕的橫架上，那老婦人臉朝下垂，半懸半坐在那把椅子上，腳沒沾地，屁股也沒沾板凳。據報警的鄰居說，他們發覺那紅磚屋整天沒開門，扒著窗戶朝裡瞧看，才發現老女人上了吊，再等踢開門進屋去摸，那拖著長舌的屍首早就涼了。

「放了半輩子的利債，她怎麼算不過這個帳來呢？」鄰居議論說：「以她手上的錢財，就是賠了這些金飾也不會怎麼樣的！何苦伸著頸子，自朝繩圈裡送，兩腳一蹬，不是什麼都沒了？」

「這才真是守財奴呢！計算一輩子，既貼了本，又把命給賠上。」

但，死人是救不活了，再多的議論她也聽不著了。警局接辦這宗案子，夠麻煩的，又得清理死者留下的財產，又得依照她放貸的摺子計算帳目，該收的收，該還的還，又得追查她所稱失竊的那一大串用綠絨繩紮妥的金飾，——四隻金手鐲、十七個金戒指，那是她上吊的主因。

在反覆搜查下，那暗洞被發現了，一大堆金飾和一捲捲的現鈔都被找了出來，獨缺那一大串她生前所稱失竊的東西。

「若說那串金飾單獨失竊，幾乎是不可能的。」一個主持辦案的人員說：「她既然是把金飾放在暗洞裡，竊賊打開暗洞，就不會單單拿走那一串。」

「也許被老鼠拖去了也說不定，」一個半開玩笑的插了一句說：「要不然，怎麼會不見了呢？」

這句話給了辦案人員的提醒，他便找人敲破牆壁，結果在一處老鼠窩裡，找到了那串失蹤的金飾，懸案總算了結了，而放印子錢的老女人的性命也了結了。她的錢財，經過清理之後，扣除掉她的喪葬費用，餘下的，還有十多萬塊錢，每塊錢都沾有她手上的

汗漬。

她在一個陰雨天出殯，葬到鎮郊的山野上去。她的一生，變成這麼一個傳奇性的故事，有一天，只怕連這故事，也像那棟古老的紅磚屋一樣，在流轉的時間裡，逐漸沉黯下去了。

在怒海上（故事二）

徐老先生已經是六十多歲的人了，一頭花白的頭髮，一臉飽經憂患的皺紋。幾十年前大陸淪陷，他正在浙東濱海的縣份裡工作，為了不願陷於戰火，他花費若干積蓄，夥同幾個經商的朋友，雇了一條漁船，各帶自己的家小和細軟物件，想渡海到台灣來。

這條船出海後，遇到對方機帆船追擊，當時幸好海上起大霧，這些逃生者利用霧氛的掩護，逃脫了魔掌。但是，他們很快就發現了新的危機，原來那條漁船貯存淡水的木桶一共有兩隻，全裝在船尾，在被追船以機槍掃射追擊時，一彈貫穿了接近木桶底部的地方，使所貯的淡水，幾乎全部漏光。全船大大小小共有十七口人，所餘的淡水，根本無法支持兩天以上，而航程那樣遙遠，即使風向好，也得十朝半月的工夫才能到達台灣。這樣一艘小漁船，飄在茫茫大海上，到哪兒再能弄得到足夠的淡水呢？

「要添淡水，只有一個法子，」船家說：「只有趁夜返回海岸，摸到近海的漁村，找當地百姓幫忙，不過，這樣太冒險了。」

「我們寧願乾死在海上，也不願再回頭了！」徐先生說：「好在還有一點淡水，咱們儘量節省，也許半路上遇著一場雨，只要遇著一場雨，咱們就有救了！」

幾個朋友心有餘悸，也都抱定寧死不回頭的想法，船家沒辦法，只有升滿了風帆朝南航行。餘下的那點兒淡水，根本談不上飲用，只能用毛巾潤溼後，乾極時，每人擠幾滴潤潤喉嚨罷了。

這樣懷著一絲近乎空幻的希望，撐熬到第四天，甭說沒遇著一場雨，連一片帶有雨意的烏雲也沒有見著，海是一片藍汪汪的大荷葉，和天腳相連著，而僅餘的一點淡水也耗光了。

「人到那種時辰，反倒橫了心，把怕字給忘記了！」徐老先生每跟人談起這段往事，兩眼就迸出一種稀有的光彩來說：「怕有什麼用？愁又有什麼用呢？那當口，連焦灼全是多餘的了！太陽惡毒毒的晒著，晒得船板上起煙，艙裡有個孕婦暈了過去，還有好幾個孩子病著，發著高燒，缺少淡水，連一天也沒法子撐持！真是進不能進，退不能退啦。

「就在兩難之中，又有一艘機帆船出現了，它從福建南方海岸那個方向駛出來，逐

漸接近了我們的船，我看得出，那艘船並不是戰船，不禁高興得大叫起來。

「『瞧吧！』我說：『這艘船，敢情像咱們一樣，是逃難出來的，他們一定帶有充足的淡水，咱們哪怕是花再多的錢買呢，只要他們肯勻出一桶，哪怕是半桶淡水，咱們也有救了！』

「說也怪，儘管咱們沒命的揮舞著手巾和被單，那艘機帆船卻一直遠遠的尾著咱們，並不靠過來，這樣，又熬過了大半天，到了黃昏時分，他們才駛近了。等他們朝天響槍，喝令咱們全數站上甲板，咱們才弄清楚，那是一艘盜船。……若是在平常時日，遇上海盜，總是很怕人的事情，因爲他們搜劫財物，一向是很不留情的，不過，如今的情形不一樣了，咱們寧願把全艙的細軟財物，全數用雙手捧獻出去，只求對方能給咱們一點淡水。

「果真那是一艘海盜船，由南方海面上有名的海盜首領董小麻花率領著。那艘機帆船追上咱們的船之後，立即抛出飛爪，鉤住咱們的船頭，然後伸出長長的撓鉤，搭住了船舷，七八個大漢，在兩船相接時，縱身飛跳了過來。海盜頭兒董小麻花帶頭，站到甲板上，亮出匣槍，擺出一付兇神惡煞的樣子說：

「『艙裡有槍的，快把槍給扔上來！咱們這是最後一筆買賣，不希望見紅。』」

「『您甭緊張了，董大爺。』我說：『咱們都是些拖家帶眷，逃難的人，哪有槍枝？幾天頭裡，初初出海，不巧遇著對方的機帆船，一陣機槍掃射，把咱們船尾的淡水桶打穿了，淡水幾幾乎漏光，硬熬命，熬了四天，如今動全動不得啦！您要什麼東西，您儘管拿罷！』

「『用不著裝可憐相！』董小麻花說：『咱們登上每條船，全聽的是這個，聽都聽煩了！這是咱們最後一筆買賣啦，幹完了，就得散夥另找出路，咱們也是在逃難，——沿海靠不了船啦！』他說完話，朝左右一呶嘴，立即有人來，用槍口抵住了幾個在甲板上的男人，另外有兩個下了艙。……屋漏偏遭連夜雨，這就是！咱們一心逃離戰火，偏又在汪洋大海上遇著了海盜。

「董小麻花看來是個冷酷無情，又沒有心肝的傢伙，他的老巢也被中共搗掉了，僅靠著幾艘盜船在海上飄流，大夥兒都算同病相憐，他不該光顧著貪財，硬是用槍口和刀尖逼著人開搶?!但這只是心裡話，怎敢當著他說出來，不顧自身，還得顧著一船家小呢！

「董小麻花的手下人下了艙，正像餓虎撲進羊群裡，攫著包袱和箱匣，只管朝上扔，凡是扔上艙面的，就有人把它扔到那邊的船上去，除了錢鈔、首飾，這些貪心的海盜連女人小孩的衣物也要搶走，這簡直不像是搶劫，卻像是大搬家。

「女人們在艙裡哭嚎著，跪地哀求，董小麻花把臉抬得高高的，聽見只當沒聽見，

他們搶完了一艙細軟不算數，又進入後艙搶食物，這時刻，小麻花的副手，——一個臉生硃砂記的漢子說話了，他說：

「『算啦，艙裡有一大窩女人孩子，吃食東西，留給他們好了！這條船上缺水，咱們抬一桶來送給他們，這不算搶劫，算是一場交易，算他們拿財物換水！』他轉臉朝著我，問說：『你們願不願意？』

「『願意，願意！』我和那幾個經商的朋友，沒口的答說：『錢財是身外之物，如今，諸位肯賜咱們一桶水，就等於活了十七口人的性命，咱們哪有不願意的?!』

「那時，天已黑下來了，盜船上挑起馬燈，搭上一座跳板，幾個紅眉毛綠眼睛的海盜，果真把一大桶淡水，用滾桶的方法滾了過來。

「你說奇怪不奇怪?若照一般情形來說，遭到海盜洗劫，原是一宗不幸的事，咱們隨身所帶的財物原不在少數，被劫之後，真個是囊空如洗，一文不名了；但意外的得著那桶水，救活了幾家人的性命，當時，我眼見那桶水滾了過來，真比看見斗大的金元寶還要喜歡呢！

「那艘盜船搶掠之後不久，就趁黑駛開了。咱們失去了錢財，卻有了食物和水，就那樣，頂著驚濤駭浪，熬過好多日夜，總算平安駛達了一座由國軍駐守的前線小島。……小漁船過大海，算是一宗奇蹟，海盜船劫財後送咱們一桶水，更是做夢也沒想到的事！誰知更奇的是那隻盜船的遭遇，——這是後來咱們才聽講的。

「原來，董小麻花率著的那隻盜船，劫得了咱們的財物之後，因爲爭分贓起了大爭執，又因拆夥的事，七嘴八舌鬧個不停，在海峽裡，他們又遇上了反共救國軍的巡艇，董小麻花不聽勸告停船受檢，反而先開了槍，他的那個臉生砞砂記的副手，被對面還擊的槍火打中左肩落了海，當時就被駛過來的巡艇撈救起來了！

「海戰在黑夜裡進行，巡艇的火力很熾烈，盜船抵不住，只好掉轉船頭朝西逃，巡艇開槍追擊，也把盜船上的淡水桶打穿了。

「那隻盜船沒了淡水不說，連馬達也被槍彈擊壞了，只好橫在海上漂流打轉，那滋味，怕比咱們還慘得多。有一天，另一條巡艇發現這艘盜船，把它拖了回來，盜船上的人，連董小麻花在內，都已經乾死了，僅餘下兩三個奄奄一息的被救活。救國軍問明他們的原委，沒收了那艘船和他們所攜的槍械，又根據砞砂記的漢子的供述，把他們劫得的物品送還到咱們手上。

「真的，我不願意談論古老的因果，如今相信因果的人，已經不多見了。事實是那個臉生砞砂記，肯同情咱們落難，送水給咱們活命的漢子，只是臂膀受了點兒擦傷，立時就被撈救起來，沒吃乾渴至死的大苦頭，同時，盜船上得能活命的那幾個漢子，正是那夜替咱們送水的人，即使扯說這只是巧合罷，也未免太巧了！」

徐老先生的兩個孩子，如今已經大學畢了業，在社會上做事了，他本人閒著沒事，常把他本身經歷的故事講給人聽。講到那臉生硃砂記的漢子，徐老先生管他叫老鄭，老鄭這個曾經是海盜副頭目的人，幾家逃難的，卻把他當成了活命的恩人了。

「你說老鄭嗎？……他被巡艇撈救後，押送到支隊部去，他坦承是幹海盜的，願意改過自新，再不爲非作歹。救國軍便收容了他，當了突擊兵，幹了好幾年才退役！回台後賣過兩年估衣，也幫人磨過兩年豆腐，如今也老了，在一座廟裡幫人掃地，他信了佛了。」

即使不過份認真，也能聽得出這故事裡有些禪意，一些和生命密切相關的神秘的根鬚。有時候，一桶淡水能抵得過萬兩黃金，有時候，爲貪些許銀錢，又賠上了性命。這人世原就是一支迷人眼目的萬花筒，值與不值，就得看各人的慧根和慧眼了。徐老先生說得好：

「我不會勸人信奉什麼，至少，經過那一回，我確信我和我的朋友，幾家十多個人的性命，是憑空撿來的，假如不遇上海盜船，不得著那一桶淡水，那片汪洋大海，不早就成了咱們的墳墓？我哪還會坐在這兒，慢慢吞吞跟你們說這個故事？」

他這番話總是真的。

吝嗇（故事二）

誰都知道那個揹著竹簍子拾荒的老頭兒很窮苦，又很孤獨，他住在一條潮溼又髒亂的小弄裡，一間自搭的小竹屋，還不及較好的豬棚那麼寬敞。一般論說，都把富人過份節儉當成吝嗇，像這麼一個窮而孤獨的老頭兒，即使對他自己很吝嗇，旁人也都把他當成節儉了。

實在講起來，這條狹巷裡，原有許多戶擁擠著的人家，這些人家都對拾荒的老頭兒很好。窮苦是一回事，若說孤獨，多半是他自己有意造成的，那是一種積習很深的孤獨的怪癖。他每天天不亮就起身，揹著他的竹簍，手裡拿著竹夾子，出門去撿拾破爛，這條街，那條巷的穿梭著，飄盪著，一直到天黑亮燈時，才揹了滿筐的破爛，拖著沉重的腳步轉回來。

他不太愛理會那些鄰居，連點頭招呼都顯得極為勉強，這樣久而久之，一座孤獨的牆便築成了。他這樣勞苦奔忙，究竟是為了什麼？他不說，也沒人知道。

拾荒的老頭兒在他本身的這個苦行業上，顯得異常的刻苦，異常的勤快，無論是起風、落雨的日子，無論是炎夏或是寒冬，他從不中輟他拾荒的工作。夜晚他挑著燈，在

他的小屋門外，把他撿來的破爛細心的整理和歸類：瓶歸瓶，罐歸罐，紙歸紙，鐵歸鐵，他的小屋裡外，都堆滿了這些東西。

「照理說，他這麼勤快，一個人賺的，只供他一個人花用，怎麼算都該夠了！」鄰舍們背地裡難免竊竊的議論著，一半是好奇，一半是關心。

「是啊！看他終年沒吸過煙，喝過酒，沒穿過一件新衣裳，他總不會吝嗇到連他自己也不顧吧？活了這麼一把年歲，快要入土的人了，省給誰呢？」

「節省到吝嗇的程度，這種人就是笨人！」一個略有些程度的先生，搖頭晃腦的作結論說：「他眼前都已經沒有路了，若不是真窮苦，那就是個整腦袋瓜子，人生在世，穿吃二字，他難道真想抓著錢進棺材?!」

但拾荒的老頭兒聽不見這些，他的日子仍然那樣，像刻在板壁上一樣的沒有變化。他頭上戴著一頂缺了邊又破了洞的灰氈帽，穿著灰黃的打了補釘的衣裳，佝著腰，早出晚歸，像一隻螞蟻般的忙碌著。早上一付油條燒餅，中晌和晚上，照例是一碗陽春麵，他喜歡在路上嘰嘰咕咕的自言自語，夜晚回來時，沉重的竹簍墜歪了他的肩膀，但他仍會故作輕鬆，幽幽的哼上幾句什麼，……有時彷佛是京腔，有時彷佛是俚曲，但也只是沒頭沒尾的那幾句，中間夾著他疲乏的喘息。

議論不出結果的鄰居們，只好把他當成怪人看了。

「他信奉些什麼呢？他既不燒香，也不拜廟！……教堂的傳教人扯著他散單子，他反而白人家一眼。他長年咳咳喘喘的，連一付藥也沒抓過。他只是白白的乍捱日子罷了！」

不過，拾荒的老頭兒似乎並沒有捱日子的意思。在一個落雷雨的夜晚，他就發了病，躺在他的床上嚥了氣了。一天之後，鄰舍沒見著他揹上竹簍進出，跑去探望，這才發現他業已離開這個世界了。他死後，有關機構會同處理他的喪葬事宜，這才發現他床底下的積蓄。

他的積蓄放在一隻破肥皂箱裡，分裝在兩隻有蓋的奶粉罐裡，大罐裝有整整齊齊的六疊百元大鈔，一共是六萬塊錢，上面有張紙條，字跡是他自己留的，歪斜笨拙，但並不潦草。紙條上寫著：「第三回捐獻款十萬元，無名氏捐。」……小罐裡只有六千塊錢。上面也有一張他手寫的字條，寫的是：「這是本人喪葬費，本人死後，請仁人幫忙，即用此款辦理埋葬，葬法火土不計，唯火化較爲便宜，若有餘款，祈併入捐獻款內送出爲禱。」

「啊！原來是這樣的?!」早先下過結論的那位鄰舍紅著臉說：「我只見到他生前吝嗇，沒想到他……他竟然是一條吐絲的蠶?!富人用錢賺錢容易，不像他用手去撿破爛，積錢是一毛一毛的積，積到這個數目，有多難！」

「這回算你比方對了！」另一個說：「你沒見著字條上寫的第三回了嗎？那就是說，這些年，他業已捐出兩個十萬啦！蠶吐絲，不吐完了不止。」

「天啊，兩個十萬，他竟然全拿去捐掉了！」一個低矮又肥胖的婦人，在一片低戚的談話之中，單獨揚起了驚詫又似乎惋惜的嗓子：「這……這真是想也不敢想啊！廿萬，好樣的一棟房子、冰箱、電視、……什麼全都有了！他若是早幾年就亮出這許多積蓄來，甭說成家難，論買也買得一個人，如今怕連兒子全有了！」

「算啦吧，大嫂。」愛下結論的那位先生又昂起頭來，帶著一付鶴立雞群的先知的意味說：「妳沒聽老古人說過，人各有志，志各不同，他要是跟妳抱著一個看法，他，呃呃，他就不是一條吐絲的蠶啦！」

夜朝深處走，白花一朵朵的羽放著，儘管我有這份閒情，這些故事卻是說也說不完的。若把每一個人生縮成一朵羽放的花，讓它開在夜初起時，復在夜央落下，那麼，這世上真個是落英繽紛，不忍踐踏了。誰沒有一段經歷，經歷儘管不同，而終結都是一樣，一樣的氣化春風肉作泥。但有人明知，卻不看那些，只重在生時的那份不同，人生的意味，就繫在那些不同的顏面上罷？

我的鏡子，是一面鏽蝕的古銅，即使勤加擦拭，也只能映出一片自我的朦朧罷了。我在哪兒？而你又在何處呢？夜未央。花落如雨……。

翦惡記

緣起

長淮十八灘，最惡沈家灘，尤獨是秋來洪水氾濫季節，灘前的河道上，水聲急如牛吼，洶湧的黃色濁浪，一波疊著一波，像朝前蠕動的巨蟒的脊梁。奇的是沈家灘附近地勢平坦，但河面打彎處的水勢卻異常的險惡。水面上常見到不同方向的漩渦，一種是正漩，一種是反漩，這些漩渦隨著溜頭走，初起時，小而輕靈，但越捲越急，越捲越大，有些漩渦竟黑洞洞的大如小磨盤，行船的人把它稱爲鬼推盤，形容那種危機四伏的森寒。

據若干久在長淮行船的老船家說，沈家灘之所以水流湍急，是因爲河床下面凹凸不平。有人傳聞早在黃河奪淮的年代，一條潛禁在黃河裡的孽龍斷索逃遁，順著洪峰湧進長淮的河道，就在沈家灘的河心下面打穴巢居，河水流經老龍窩的穴口，受了崎嶇的河床的激盪，便洶然鼎沸起來。一般行船的人，駛經沈家灘前的老龍窩時，恐懼水程險惡，又不願冒著身家性命之險開罪孽龍，往往在離灘三里處停船，將供物列在船頭，焚香禱告，這樣，才有希望平安渡過險灘。

「行船難過老龍窩，見著鬼眼打哆嗦！」

單從老船戶們輾轉的流諺，就想像得出那兒險惡的光景。不過，沈家灘前老龍窩的水程險惡，並不能阻嚇住許許多多南來北往的船隻，這些在波浪上撐篙搖櫓，行船淘命的船伕，他們懂得忍耐和順服，卻也有一種原始的頑強的野性。在他們執拗的意識裡，天底下還沒有渡不過的險灘，闖不過的險峽，只是，遇上險惡的水程，使他們格外的小心謹慎罷了。

多少年來，若干可怖的傳說，渲染了這座神秘的險灘。說是任何船隻在停船祭禱之後放船過灘，那些鬼漩渦就會分列到激流的兩邊去，順漩在前面拉縴，逆漩到後面加把勁，發力推船，不消多大一會兒，船就平穩的駛出那段使人暈眩的湍急的水面了。船伕們相信每個鬼漩渦下面都有一個水鬼，那都是許多世代裡沉船溺斃的鬼魂，他們沉屍於孽龍的窩窟，被孽龍役使，但凡有香火祭物的，他們就幫著推船，若不，孽龍就會要他們把順漩和逆漩推合在一起，托起船底，把船隻弄沉。

但默默流動的時間，逐漸改變了人間諸種事物的面貌，當時的險灘和激流，隨著長准的淤塞，已經變成一片裂隙縱橫的灘地，替沈家這一族增添了產業。若說還留下一些和過往傳聞相關的影子，那就是沈家灘和老龍窩這兩個地名，仍然被人們習慣的稱呼著，沒有更改。

提起沈家灘前的老龍窩，就不能不提起沈家這一族人。據說從北方遷移到這兒來定居的，這一族的始祖叫做毛鬍子沈三，這個沈三生得粗野蠻悍，一圈兒落腮鬍子，根根硬得扎人，鬍梢兒亂蓬蓬的朝外上捲，像是誰在他那張褐黑的螃蟹臉上，倒栽了一把豬鬃。

毛鬍子沈三練得一身好拳腳，又通習水性，年輕輕的在黑道中打混，居然開山立萬，單獨闖出個局面。後來遇上專緝盜匪，大大有名的黃三泰，搗掉了他的巢穴，把毛鬍子沈三降伏，留在身邊辦案當差；黃三泰在淮上辦八蠟廟的大案子，毛鬍子沈三很賣了些力，黃三泰便薦他到縣裡去當捕快頭目，一幹幹了多年，手頭有了積蓄，便買了一塊灘地，營建廣廈樓台，在長淮上定居下來。

按理說，在縣衙裡當差吃糧的一個捕快頭目，沒品沒級，只算是芝蔴綠豆官，按照公俸計算，他甭說只幹十年八載，就是這一輩子幹到那一輩子，也買不起大片的田地，蓋不起樓閣相連的大宅子來。但毛鬍子沈三自有他腳搭黑白兩條船的本事，凡事只要對衙門有交代，能放一馬就放一馬，寬有寬的條件，至於究竟是些什麼樣的盤口？局外人也就無法朝深裡追究了……。

毛鬍子沈三死後，沈家族裡的人丁發旺，分居在河灘附近好幾座村落裡。他們雖都有田有地，有產有業，但其中仍有許多不務正業的傢伙，由耍槍弄棒，到包賭包娼，半黑半白，也亦黑亦白，像他們的祖宗一樣。

無論這些族人是正是邪，對於他們移居的始祖，——毛鬍子沈三，卻都引以為榮，那

是因為他跟過黃三泰老爺。黃三泰和黃天霸父子兩個，在民間傳說中，是神話般的英雄豪俠，連皇上都賜過他們黃馬褂。毛鬍子沈三當年，即使只是跟著黃三泰牽馬執鐙，提壺倒溺呢，多少也總沾上那麼一點英雄氣味啊！

在沈家的祠堂裡，毛鬍子沈三的畫像，張掛在正中的香案上，子孫們有意誇耀他們的祖先，把那個出生在前朝的人物，畫成金甲紅袍的武將，連那亂蓬蓬的鬍子，也畫成梳理得整整齊齊的美髯了。他們相信，當初毛鬍子沈三公選擇沈家灘買田置產，是大有緣由的，老龍窩既是龍窟，定是風水好，地氣佳，日後不指望出個五爪金龍面南背北麼，至少也會出個有頭有角的土龍，獨霸一方。

族裡這種盼望，也許就應到了沈兆堂的頭上。沈兆堂在沈家這一族系裡，算是個貧戶人家，他爹沈大扁頭是個馬浪蕩，把產業嫖撇光了，替族裡看管祠堂過日子。大扁頭的老婆前後生了三胎，只存最後這一胎，就是沈兆堂這個野小子。

沈兆堂在父母遮覆下過的日子並不多，不到十歲，沈大扁頭夫妻倆便先後撒手歸西了。看祠堂的差使落在一個姓魯的外姓人手上，沈兆堂管他叫魯大叔。這根沒爹沒娘的苦瓜藤子，就由魯大叔收養著，替魯大打一打雜碎的零活。

魯大跟沈家也是老親世誼，他很喜歡沈兆堂這個孩子，覺得他的長相，有三分像是堂上供著的毛鬍子沈三。他總覺沈兆堂人很聰明，不進塾唸幾年書有些可惜了。正好沈家延聘的塾師就在祠堂裡設館，魯大特意買了紙墨筆硯，和三字經、百家姓之類的書本，備了束脩，把沈兆堂送進塾去。誰知這個野小子，什麼都喜愛，單單不喜歡唸書啃課本兒。儘管塾師管束得很嚴，他仍然不斷的打架鬧事，結果被塾師勒逼退塾，交給魯大領開了。

「你這樣小小年紀不唸書，總不成整天打野啊！」魯大對他說：「文的學不成，那就學個武的吧。」

沈家祠堂西院裡，設的有武館，請來個落魄的旗人苗天盛教練刀槍棍棒和拳腳。沈兆堂被送進武館，算是對了他的胃口，成天跟著苗天盛掄拳踢腿，顯出極大的興致。苗天盛見他是塊練武的料子，便盡出所學，悉心傳授他。

沈兆堂在武館裡苦練了六年，到十六歲上，他業已長得橫高豎大成了人了。有一天，和他師父苗天盛對陣比劃，他出了一個有力的鴛鴦腿，竟然把做師父的踢得跌了一個筋斗。

做師父的敵不贏徒弟，臉上掛不住，向沈家族裡的執事辭了武館教習，捲起行李走了。一時沒請著新的教習，野小子沈兆堂便很自然的接著苗天盛，當起武館的教習來。

年紀輕輕的後生當教習，消息傳揚開去，沈家灘附近有些練武的不服氣，有幾回找到沈家祠堂來，指明要向沈兆堂討教幾招兒，結果全被沈兆堂放倒了。因此，沈兆堂在很年輕的時刻，就有了點兒名聲。

一般習練拳腳的人，在平時，幾乎沒有多大用處，沈兆堂固然有些武術功夫，除了團武館之外，總不能靠著跟人打架過日子？正巧那年徵集工伕挖掘淮河，他就去報了名，跟他那一夥朋友去挖河領工錢去了。

淮河雖已淤塞了多年，人們仍然沒忘記那許多有關沈家灘和老龍窩的傳說。沈兆堂自幼就愛聽人們講古，對那些鬼眼，鬼磨子，沒底的龍窩的故事，熟悉得不能再熟悉了。他當的是領工，所挖的那一段，正是俗傳沉舟的險地，下面就是龍窟。

挑土方挑下去四五尺深，他就發現了一條生了鏽的鐵環鎖成的錨鍊，他著工伕順著錨鍊挖掘，誰知那條陷在土裡的錨鍊越挖越長，彷彿沒有盡頭似的。

「對了！」他想起什麼來說：「講古的人不是講過嗎？早在幾百年頭裡，那時，這兒還是一片水咧，說是有個弄船的老大，不信老龍窩深不見底，他便做了一個拖著長鍊的鐵錨，存心要在老龍窩的急漩上停船，落下錨鍊去，丈量丈量龍穴究竟有多深?!誰知把一船的錨鍊放盡了，也沒有量到頂底！壓尾，連那條船也沉下去了。……這錨鍊，敢情就是那條船上的。」

錨鍊通向淤泥裡，淤泥軟得陷人，沒法子再挖了，只有用鐵鑿子斬斷它，轉頭再挖旁的地方。

挑河挑了十多天，沈兆堂領的這撥子工伕，可真挖出來不少東西，有破碎枯朽的船板，古代的磁器，大堆的骷髏骨，斷折的船槳等等，沈兆堂把這些東西列冊報上去，上面發下不少的獎金。唯一沒有朝上報的，是一塊好重好重的黑石塊，這塊黑石沉在河心深處，使工伕們挖斷好幾柄鐵鍬，沈兆堂糾集幾十個工伕，用無數巨麻索捆住那塊黑石朝岸上拖，折騰了好半天，才把那石塊拖到岸上來，放置在一株老榆樹的樹蔭下面。

「這是一塊什麼樣的鬼石頭？竟然這麼重法，咱們的腰桿，差點全叫它給墜斷了！」

「石頭哪有不重的，」沈兆堂說：「何況它有桌面大，河心裡土軟，得不上力，所以就更難運了！」

一塊不值錢的石頭，挖出來也就擱在那兒，沒人理會了。大榆樹旁邊就是挖河工人的工寮，這些工人在一整天辛苦工作之餘，常把那塊黑黝黝的石塊當成飯桌。不久，河工移向下游去了，沈兆堂說是這塊石頭扔了可惜，他便借了一輛雙駕的牛車來，找人幫忙把它運回去，預備日後請石匠來家，把它改鑿成一盤磨子。

河工做完了，近萬的工伕也都散了，而年輕的沈兆堂卻逐漸的發達起來，前後不到兩年的時間，他竟由一個窮武師，挖河的工伕頭兒，變成沈家灘的首富。他的錢財，像水湧般的旺盛，使他大量買進灘田，又向長房買得了他們始祖毛鬍子沈三建造的那所老宅子，重加修整，弄得面目一新。

人在鄉間，一旦有了錢，自然也就有了勢，不愁沒人來呵奉你。沈兆堂發跡後，一口

氣買了幾十桿槍，請了很多人來替他護宅，當地那些遊手好閒的，也都沈大爺長，沈大爺短，把他當成一把護身的大傘。

沈兆堂究竟是怎樣暴發起來的？一直是議論紛紜的謎團。慢慢的，才有人弄明白和挖得的那塊黑石頭有關：因爲依據傳說，前朝有一隻北上進貢的船，沉在老龍窩的急漩下面，那艘船上，運有一塊巨大的烏金，黑石頭起土時，沈兆堂業已曉得那是稀世的寶物，但他卻沒講出來。他瞞過眾人，獨得了這塊寶物，家有金山，哪還有不發跡的道理?!

發了跡的沈兆堂，若果是本本份份的過日子，就靠那一大塊烏金，任意敲鑿下一點點，也夠他豐衣足食過一輩子的了。但他天生不是安份的人，單單財富並不能使他滿足，他以沒角的土龍自居，做起道道地地的地頭蛇來。他娶了姓劉的姑娘，替他生下一個楞傻的兒子，乳名就叫小傻子。婚後不久，他又連搶帶奪，弄了三個偏房。他憑藉財勢，一面交結官府，一面又跟各處的江洋大盜換帖拜把子，卅出頭，他已成爲沈家灘的一霸。

在遠近人們的心目裡，他要比當年潛居河底的那條孽龍更爲難惹難纏。

跑江湖的班子

那年，天鬧旱，一個跑江湖的班子，路過沈家灘，歇下來響鑼賣藝。這是一個極不打眼的獨家班子，一共只有三個人——一對年輕的夫婦，帶著一個看來只有五、六歲，梳兩條朝天扒角辮子的女孩兒。

即使在鄉野地面上，三個人的賣藝班子，也是夠寒傖的。那個漢子約莫有廿七、八歲年紀，身穿滿是補綴的老藍布衣裳，一頭一臉，全是趕長路時留下的風塵。他用一支又粗又長的棗木扁擔，挑著兩隻不大不小的木箱子。那個梳扒角辮子的小女孩，就坐在擔子後面的那隻木箱上，手抓著兩邊繫箱的繩索，懸空踢盪著小腿玩兒，臉上掛著一付渾不解事的笑容。女的跟在漢子的後面，肩上揹著一長一圓兩隻包袱。論起年紀來，她比她丈夫還要年輕幾歲，頂多廿三、四的樣子。她的穿著也極平常，上身是一領淡青的緊身小襖，黑滾邊，下身穿著紮腳的黑褲兒，雖然趕了長途路，她的腳步仍很輕盈捷便，僕僕風塵，也掩不住她嬌美的面容和一身豔色。

這對小夫妻帶著一個孩子，夾在逃荒的人群裡，經過沈家灘，夜晚就落宿在沈家祠堂的角屋裡，二天傍午時，他們就在沈家祠堂對面，沈兆堂宅前的廣場子上響鑼賣藝了。那漢子響了一圈兒鑼，希望多多召聚些看熱鬧的人來，好多得一點兒彩金。儘管鑼聲鍠鍠響，但場子上還是空的，只有十來個不大不小的村童，和三兩個推車擔擔子過路的客人，停下腳來觀看。

那漢子臉上帶著一絲淡淡的酸苦，淒淒迷迷露出一份在他的行業上不可缺少的笑容

來，一樣朝那些圍成圈兒空眨眼的孩子抱拳作揖說：

「諸位看客老爺，我夫妻兩個，從沒走過江湖，闖過碼頭，只因北地鬧旱，才帶著孩子，逃荒避難來的，腰裡沒盤纏，難以為活，只好把幾套初學乍練把式，抖出來在諸位眼前獻醜，也好混一口飯食！」

「對！咱們只求混一口飯食，不惜拋頭露面，夫妻對打，——餓著大人不要緊，餓著孩子，心裡難安，那，小把戲，妳打鼓吧。」

那小小年紀的女娃兒，點著頭曼應一聲，果真發力的擂起鼓來。隨著急促的鼓聲，那漢子先自耍了一套飛鑼絕技。他用手裡的一隻鑼錘，輕輕撥動那面銅鑼，銅鑼便在鑼錘上旋轉起來，而且越轉越急，他改用食指的指尖頂著旋轉的鑼錘，再把它移到頭頂上去，一晃頭，鑼錘落在左肩上，仍然直立旋轉，一晃肩，鑼錘又落到右肩上去，還是轉動不歇，不一會兒功夫，那柄直立旋轉的鑼錘，頂著那面轉動得亮霍霍生光的銅鑼，業已從肩到背，從背到腰，從腰到兩膝……他能用身體的每個部位，控制住那鑼錘的旋轉，而且移位迅速，彷彿鑼錘長了腿，自己會走會跳一樣。

四面圍觀的村童們，從沒見過這種又靈巧又奇異的把戲，眼見那漢子耍到精采處，便鬧哄哄的拍打著巴掌喝起釆來。但那俊俏的女人卻在一邊搖頭。

「咦！虧得咱們還是夫妻，我耍把戲，人家在場子外面喝采，妳卻在場子裡面搖頭，這……」那漢子做出發急的樣子說：「這不是在拆我的蹩腳嗎？」

「算了吧，當家的，」女的說：「走江湖混飯，都要像你這樣耍法，那可太容易了！你這不是在賣藝，是在哄孩子。」

「照妳說，該怎麼玩法?!」

「我說，得由我換耍一套略微像樣兒的，」女人說：「然後，咱們得亮出真刀真槍，捨命打上一場，就算本事不濟，藝業不精，也得擺出個樣兒來呀！」

「就是我跟妳打？」那漢子搖頭說：「不成！俗說：好男不與女鬥，再說，天底下靠打老婆賺錢的男人，我還沒見著過。」

「諸位瞧瞧，咱們這個男人好會扯謊，他打我打了半個來月了，還說他沒見著！」

「本來就沒見著嘛！」那漢子理直氣壯的說：「出門在外，我根本就沒照過鏡子。」

他們這樣一對答，場外的人都笑起來了。

在一片笑聲中，那漢子撿起銅鑼敲打著，女人取出一根棗木扁擔來，把扁擔朝天直豎在場子當央，男人掩住鑼說：

「妳這是幹嘛？」

「這是略微像樣的把式。」女人說：「這有個名堂，叫做懸空倒爬扁擔，扁擔懸空豎著不用人扶，我要頭朝下腳朝上，用倒豎蜻蜓的架式，手抓扁擔根，一寸一寸的倒爬上

去。」

「好傢伙，」男的說：「聽她說得倒挺像樣兒，那得要爬上去才算數，妳既在人前吹了牛，誇了口，妳就得替我爬！萬一跌死了，我只好用這根扁擔把妳挑去埋掉，背井離鄉走在半路上，一口飯還吃不飽，我哪能爲妳買得起棺材！」

「廢話少說，」女人說：「響鑼鼓！」

鑼鼓一響，那女的繫起青布頭巾，後退數步，一個倒豎蜻蜓，就抓住了扁擔的根部，同時以美妙的姿勢，一寸寸的朝上倒爬起來，這種簡直近乎魔法的特殊技法，甭說是內行，就給一般人看，也一眼看得出它太不容易了！那根浮豎在地面上的扁擔，不比打牢在地下的木樁，真是吹口氣都能吹得倒，何況乎一個人貼著它？也就是說，那女人倒豎上爬之際，她整個身子都要和扁擔的重心配合，取得絕對穩定的平衡，不能有毫厘的偏失。再看那女人，完全是一付不介意的樣子，很快便爬到扁擔的頂端，以一隻手的掌心捺住扁擔頭，身體仍在半虛裡筆直的倒豎著，她這一套罕見的絕技，果真更勝過適才男的所耍出的飛鑼，無怪場外的村童都如癡如狂的蹦跳嚷叫起來了！

女人趁著采聲初落，飛身畫一個圓弧，躍落地面，她順手撈住那根棗木扁擔當作兵刃，朝男的擺了一個架式，那漢子急忙扔開銅鑼，取了一支鐵鞭，兩夫婦認真交起手來。場外的過客和村童都不是行家，看不出門道，只能看出這一陣對打，打得非常熱鬧。

那根厚重長大的棗木扁擔份量夠沉的，莫說是蠻腰一握的女人，就換成彪形大漢，揮舞得久了，一樣會累得氣喘如牛，腳下鬆浮。但那看起來俊俏柔弱的女人，掄動如飛，在她周圍一丈方圓，盡是虎虎的風聲。男的使的那支鐵鞭，出手更為快捷，身隨鞭走，鞭隨身轉，輕靈快捷，像一頭豹子。這一場假戲，卻做得極為逼真，打了足有一盞茶的時辰，兩人同時發出一聲叱喝，各自躍回原地，朝場子拱手為禮。

正當采聲紛起時，忽然聽見有人用極宏亮的聲音，連著喊了幾個「好」字。兩夫婦再一抬頭，就見那大宅子的前門打開了，一個穿著緞面長袍的人，在左右好幾支匣槍的扈從下，站到門斗子下面來。穿緞面長袍，顯然是宅主模樣的人，一手扶著磨石獅子的頭，大聲喊好，露出興致勃勃的樣子。

「噯，小兄弟，敢問那位大爺是誰呀？」那漢子走向一個村童問說。

「那是沈兆堂沈大爺。」村童說：「他也是練武的，早幾年裡，還當過武館教習呢！」

正說著，沈兆堂業已率著左右，降階而下走過來了，他微微提起袍叉子，把這對賣藝的夫妻仔細端詳著，滿臉堆下笑來說：

「練家。兩位真是好身手！沈家灘小地方，兄弟有很久沒見到這等紮實的功夫了。」

「哪兒的話，沈大爺。」那漢子連連長揖著說：「在下奚倫，因攜妻女逃荒避難，半

路盤纏不濟，才買了串鑼鼓，厚顏獻醜，區區末學，當不得沈大爺的誇讚！……適才問起場外的小哥，才知我夫妻不懂規矩，不知禮數，竟然在魯班門前弄了斧頭，您不加罪，在下業已感激不盡了啦！」

「總不成這樣站著說話，」沈兆堂說：「假如奚兄不見外，就請收拾收拾，進宅子說話，由我作個東道，盡盡地主之誼如何？」

「平白無故，哪敢煩勞沈大爺。」奚倫又揖謝說：「不過，您既這麼吩咐，在下一定攜同妻女，到府上去拜望，多多向您請益。」

奚倫夫妻倆收拾了箱擔，進到沈兆堂的宅子裡，沈兆堂款待這對逃荒避難的夫妻，可說是非常的殷勤。他探問出奚倫夫妻是白馬廟附近人氏，離沈家灘有四百多里地，北地的旱災遠比南方嚴重，一夏一秋沒見滴雨，土地龜裂，河塘全涸，連樹皮都旱脫了。談起武術，奚倫說是因為白馬廟那一帶連年荒旱，盜賊紛起，奚家是由南方北遷的一族，略具財富，盜首姚小刀子，宋皮臉幾大股捻合了，一心要蕩平奚家莊，奚家的族祖，也就是奚倫的大伯父，便各處張帖子，禮聘能人來保宅院。

「說來是七、八年頭裡的事了！」奚倫說：「帖子張出去不久，一來來了個五十多歲的紅臉老頭，……那就是在下的岳父，領著個姑娘，也就是我的內人。他到莊上要見我大伯，說他願意留在奚家莊，等著收拾宋皮臉。在下這點兒皮毛拳腳，就是跟我岳父學的。」

「哦！」沈兆堂啊了一聲說：「那麼，令岳翁是？」

「家岳姓薛，原在徐州府開設武館，」奚倫說：「他雖是習拳練武的人，卻跟江湖道上的朋友素無來往。」

沈兆堂點點頭，皺起眉毛想了一會兒說：

「我這個人，說來也是一隻土蛤蟆，沒出門蹚過道兒，十足的孤陋寡聞，對令岳翁的名頭，一點兒也不熟悉。不過，姚小刀子和宋皮臉這兩個股匪頭兒，老龍窩附近的人，倒是耳熟得很，他們曾搶掠過東邊不遠的集鎮，只是沒搶到這兒來罷了。後來我聽講，說他們在北地栽了個筋斗，情形究竟是怎樣的呢?!」

「不錯，」奚倫說：「姚小刀子和宋皮臉那個筋斗，就是在奚家莊，栽在我岳父手上的。家岳跟姚小刀子倒沒有什麼過節，但跟宋皮臉確有一本帳沒結算。」

「情形是這樣的，沈大爺。」奚薛氏說：「家父一向開武館授徒，自以為與世無爭，與人無忤，實在說，徒弟裡頭，大多數都能守著師門訓誡，不踩黑道，不蹚渾水。只不過其中有了一個不爭氣，他貪得錢財，勾引宋皮臉東搶西劫，官裡抓不到宋皮臉，卻追查到武館裡來，徒弟作了惡，要拉師父去頂罪，除非家父能按照限期，送那個犯法的徒弟到案。幸好家父人緣好，當堂具結，願意依限送人到案，官裡才開釋了他。後來，家父還是

抓住了那個不爭氣的惡徒，送官砍了頭，誰知這一來，又把宋皮臉給得罪了！」

沈兆堂半仰著身子，靠在椅背上，出神的聽著，聽到這兒，插了一句說：

「聽妳這一說，人真是難做得很！」

「可不是。」奚倫說：「宋皮臉認為家岳這樣做，是存心撕他的臉面，就趁著家岳出門的時刻，帶人把武館的宅子縱火焚燒掉了，家岳母帶著內人跑出來，她卻中了煙火毒，不到三個月就辭世了。」

「啊，原來你的老岳翁，跟宋皮臉有過這麼一段樑子？」沈兆堂說。

「是的。」奚倫說：「家岳回來後，查出縱火的事，是宋皮臉幹的，一把火燒得他家毀人亡，便帶著內人離了北徐州，到處去追蹤宋皮臉。家岳只是一個人，連徒弟全沒帶，他老人家覺得辦這種事，用不著牽扯旁人，但宋皮臉手底下的股匪有好幾百口子，有槍有馬，越州過縣，快得像是旋風，一時到哪兒找去？還好聽說股匪要撲奚家莊，又見到我大伯父張的帖子，他才到奚家莊落腳，一面教授莊上人的拳腳，一面等著宋皮臉來進撲時，好把他捆了送官。」奚倫說到這兒，頓了一頓，才接著說：

「結果您也許聽人講過，朱皮臉那一個筋斗雖然栽得不輕，但家岳也沒能捉住他，落了馬被撓鉤搭住的宋皮臉，卻叫姚小刀子救走了！」

「說到這裡，我可就明白了！」沈兆堂說：「據這邊有人傳講，說是宋皮臉撲打北方一座莊子，手下人損傷過半，他本人遇上硬扎的對手，被手用飛鎚打中脊蓋落馬，莊丁伸撓鉤搭住他朝回拖，姚小刀子把他硬搶出來的。不過，經過那一陣，宋皮臉雖沒丟命，但也成了半殘廢了，他的脊背捱了鐵錘飛震，吐了很多的血，一條腿的腳筋也在落馬時被人挑斷，他那一股子人，當初的聲勢原在姚小刀子之上，如今也被姚小刀子壓下去啦！……令岳翁還想找他算帳嗎？」

奚倫搖搖頭：

「不會再找他了，在下的岳父，他老人家業已過世了。他是生病死的，和宋皮臉無關。」

「不過，事情並沒有完，」奚薛氏說：「宋皮臉栽在奚家莊，他並沒想到那是他的報應，他不但記恨家父，連姓奚的闔族也恨上了。他曉得奚倫和我還在，遲早會找他算帳，一步也不肯放過。去年一年裡，他糾眾兩次撲打奚家莊，坐在兜椅上出面，指明要奚家莊交出咱們夫妻來，要不然，非把奚家闔族連根拔掉不可！」

「嗯，」沈兆堂說：「宋皮臉怕你們找他，報當初在北徐州縱火焚燒武館的仇。兩位怎樣打算呢？」

「其實，宋皮臉也太小心眼兒了，」奚倫說：「想當初他縱火焚燒武館，只爲爭顏面洩忿，並沒存心要鬧命案，他燒傷在下的岳母，他自己也帶傷成殘，上一代的恩怨，已

算了結。他捲劫州縣，作惡多端，他那條命不用咱們取，自然有人取，他苦苦追逼在下夫妻，說來毫無道理，咱們逃荒離開白馬廟，不已經是避著他了嗎？」

「我看未必避得了！」沈兆堂緩緩的說。

「這個？還請沈大爺您多指點！」奚倫說：「您的意思是?!……」

沈兆堂笑了一笑：

「你們既有避仇之心，就不該沿途響鑼賣藝的，像這樣抖露功夫，豈不是明明告訴宋皮臉你們一路南下的行蹤？宋皮臉是黑道上的混家，耳眼線密得很，他可不是聾子瞎子，就算你們夫妻倆有點兒功夫，如今年頭不同了，鐵布衫、金鐘罩又如何？——一樣擋不住槍子兒，你們想想，我的話是不是呢？」

「多謝沈大爺您的提醒，」奚倫躬身謝說：「咱們只顧混口飯吃，可沒想到這一層。」

「謝我？」沈兆堂連連擺手說：「根本用不著，我也不能幫你們旁的，我想，你們夫妻既然逃荒在外，無處投奔，不如就在沈家灘待下來，……替我護護宅院，辦辦裡外的事情，好歹總算有個安頓。不是我說句誇口的話，他宋皮臉即使明知你們在沈家灘落腳，我這幾十條快槍，也會使他多一層顧忌。」

「您還說不用謝呢?!沈大爺。」奚倫夫妻倆早把謝字寫在臉上了；奚倫說：「咱們只是萍水相逢，沒想到您竟這麼熱切，單就這一飯之恩，咱們業已夠欠您的啦，何況您肯賞咱們這樣的差事呢！」

「跟你們說實在的，」沈兆堂哈哈一笑說：「我宅子裡也正需得著人，方才在場子上，你們若不亮出那幾招兒，求我用你們，我還未必點頭呢！你們憑本事吃飯，又沒央人求人，你們能這麼想想，不就心安理得了?!」

鬼漩渦

這個初走江湖的賣藝班子，很容易的，就被沈兆堂給留了下來。做成了這宗事，沈兆堂心裡暗暗的得意，——對方如果曉得自己跟姚小刀子、宋皮臉，都是換帖的把兄弟，這兩夫妻還會肯留嗎？

早在十天前，宋皮臉就吩咐手下，快馬送來一封密信，信上面，要自己留意這麼一對年輕的夫妻，把他們截留下來。自己根本沒費精神去找，是他們倆伸著頭送上門來的，不但如此，而且把原委吐得一字不留，可見他們究竟沒有經驗閱歷，很容易受騙上鉤。

這好比魚是落進網裡了，該想的是下一步該怎麼做法？烹嗎？煎嗎？燉嗎？……這些思索，像當年傳說裡的鬼漩渦一樣，不停的打著轉，一會兒順轉，一會兒又朝反轉。當然

囉，依照順轉，把人情全送給拜兄宋皮臉，這事就太好辦了，只要依樣葫蘆，著人快馬送封回信過去，悄悄的要他過來提人，洋槍逼住胸口把人提走，他愛怎麼就怎麼區處，愛斬草除根，他就斬草除根好了！假如宋皮臉嫌路遠，托交自己代辦呢？那似乎也不算難，三更半夜動手，還怕蒙在鼓裡的兩夫妻走脫掉？

不過，再朝反轉，那可就複雜得多了！姚小刀子和宋皮臉，說起來跟自己是把兄弟，其實並沒有那麼深的交情，彼此也都是瞧在有錢有勢有槍有馬的份兒上，互相勾搭，人在江湖上，哪能免得經風歷險？萬一有個什麼，也好拉一拉援手，避一避風頭。若說是一般的人情，賣賣這份交情倒也無所謂，可是，這一賣就牽連上三條人命，他宋皮臉能給沈某什麼樣的好處？攤開賬面算一算，值不得！何況白天聽奚倫夫妻倆的口風，他們並沒有再找宋皮臉尋仇的意思。

話又說回來，自己假如不存心幫著宋皮臉，當時即使看出這對夫妻是宋皮臉要找的人，也該睁一隻眼閉一隻眼，放他們過去。宋皮臉送密信，又不是單單送給自己一個人，自己不截住這對夫妻，旁人也會截住他們，這叫做多一事不如少一事，既不得罪人，又不拖後尾，該是最妥當的辦法。

那麼，爲何又把他們給留下來呢?!這才是沈兆堂心眼裡要想的。當他站在高高的門斗子下面，望著奚薛氏當眾獻藝的時刻，心裡的鬼漩渦就已開始轉動了。她是個使人心猿意馬的女人，她的身形緊裹在青布的衣衫裡，豐滿和纖細，配襯得那麼均勻，她每一寸的肢節都那麼敏活，又帶著些野性的嬌柔。沒見著她之前，沈兆堂常常誇耀他的三姨太是絕色美人兒，但，拿來和這個奚薛氏一比，只配替奚薛氏做裏兒。……若把這樣出色的女人，交給宋皮臉去做掉，那就太糟蹋了。

鬼漩渦這樣反覆的旋轉著，天到起更時分了，沈兆堂還獨留在後屋的外間，背著手，來回的踱著。人已經留下來了，假如匿著這對夫妻，不告訴宋皮臉，天長日久，總會被宋皮臉查察出來，到那時，反而壞了把兄弟之間的交情，也極不妥當。事情雖很爲難，他總得想出一個兩全其美的法子，人不知鬼不覺的除掉奚倫，然後，再緩緩的設計弄上這個女人……。

甭瞧沈兆堂是個粗野漢子，色心一動，什麼樣刁惡的主意都能想得出來。二天，他差心腹的長隨替宋皮臉送了一封密信，告訴宋皮臉，說是奚倫夫妻倆路過沈家灘，業已被好言好語的哄著，軟留下來了。不過，他提出男的可交給宋皮臉，女的他打算留下來，這件事情，信上說不明白，他得跟宋皮臉當面談談。宋皮臉回了他一個口信，約沈兆堂到鄰縣的靈官廟見面。

沈兆堂藉故出門，到了靈官廟見著宋皮臉，這股匪頭兒拍著他肩膀說：

「兆堂老弟，你這樣的打算，擔的風險太大了！薛老頭兒的閨女，可不是尋常的婦人，你既見她出過手，亮過招，定然曉得她的身手，比她丈夫更強，爲著一個『色』字，拿不起，放不下，日後會惹火燒身的。」

「這些我全想過了！」沈兆堂說：「我要用的，是不著痕跡的方法。我先差奚倫於某日某時，帶著兩個長工，放車到縣城的錢莊去取錢，你派得力的人手埋伏在他必經的地方，裝成散股子盜匪去搶錢，趁機把他給做掉，……我有辦法讓這宗案子變成懸案，讓那奚薛氏變成小寡婦再說。」

「就算她成了寡婦，你有把握使她心甘情願的跟你過日子？頂你沈家四姨太的名份？」

「嘿，這個你甭管，那就看我的了。」沈兆堂說：「十個寡婦，九個犯哄，我只要捏起哄字訣，還怕弄不上手？一旦她跟了我，你還有什麼好顧慮的?!」

「好吧，」宋皮臉還是不很安心，但是人在沈兆堂的手裡，又不願把對方激翻了臉，只好悶聲的說：「我可是有言在先，好生勸過你的，萬一日後弄不妥，黏了你一屁股臭屎，我沒法子替你揩乾淨。」

鬼漩渦一旦成形，便越旋越急了。沈兆堂和宋皮臉把細節談妥，便離開靈官廟趕回沈家灘的宅裡來。他跟平常一樣的不動聲色，奚倫夫妻倆仍然蒙在鼓裡。

沈兆堂讓奚倫夫妻倆護宅子，對待他們很好，說著說著，四野的青紗帳起了；有一天，沈兆堂召奚倫到客廳去，跟他說：

「奚兄弟，我有宗事情，想托你替我辦一辦，……我在縣城東關外設了一爿錢莊，近時有筆積存的款項要提回來存放，逗上這季節，怕路上不平靖，想煩你去押押車，我比較放得下心。」

「沈大爺您放心，」奚倫說：「這事我辦得了！」

「好吧，一切全委託奚兄弟了！」

沈兆堂又遞給他一封信，要他到錢莊去找夏掌櫃，他看了信，便會如數撥銀。事情交代妥當，奚倫便關照了妻女，押著騾車進城去了。……

事兒確是按照沈兆堂的料算進行的，他跟宋皮臉連繫過，在奚倫押款押到半路上，歇在茶棚裡打尖的時辰，預先埋伏著的人拉槍動了手。奚倫再有拳腳功夫，也敵不得對方的匣槍，雙方經過一場激烈的拚鬥，邊打邊逃的奚倫，趕著騾車撞在茶棚邊的一棵大樹上，伏在樹頂的人，擲下一個打開了口的石灰包，雖沒套住奚倫的頭，卻迷住了他的兩眼，奚倫身上中了三槍，埋伏的人怕他不死，又把他拖下車來，挑斷腳筋，挖了舌頭，正待舉刀補切他的頸子，突然槍聲大作，那些截擊奚倫的傢伙便扔下騾車和一個血人，慌張逃遁掉了。

原來那兒靠近一座近水的村子，叫錢家圩，一小股土匪在那兒劫掠得手，附近各村子

集聚槍銃，一路追趕，宋皮臉手下不清楚情況，以爲是官軍對著他們來的。

奚倫這條奄奄一息的命，總算被錢家圩的錢老爹給救了下來，著人把他抬回莊裡，請醫救治，同時把案子報進官裡去。……事情被打了岔，多少有點出乎沈兆堂的意料，不過，他仍然在奚薛氏面前表露殷勤，親去錢家圩把奚倫給接了回來。一瞧奚倫雖沒丟命，卻叫整得不成人形，沈兆堂反而更覺如意：因爲奚倫業已完全殘廢掉了，口不能言，腳不能行，渾身也癱瘓得無法動彈，充其量，僅比死人多了一口氣而已。這樣，年輕的奚薛氏只是不擔寡婦之名，事實上也跟做寡婦沒有兩樣，而自己借刀殺人，並沒鬧下命案，豈不比原先的設想更爲穩妥?!

鬼漩渦愈旋愈深了，頭一回事情辦得很順手，誰知第二回就辦砸啦！正如宋皮臉所說的：薛老頭兒的閨女，可不是尋常的婦人。奚倫受傷成殘不久，沈兆堂就對她百般勾引，逐漸露出土豪的嘴臉來，這使她懷疑起丈夫遭人伏擊的事情，背後另有蹺蹊?……一把疑團結成心裡，她也不露聲色，暗暗的等待著。

事情發生在當年八月裡，那天夜晚，沈兆堂多喝了幾杯，跑到奚薛氏所住的側院裡糾纏，奚薛氏起初一直耐著性子不願翻臉，只把他當成醉漢看待，不加理會，誰知沈兆堂得寸進尺，也不管殘廢的奚倫在屋裡，竟對奚薛氏動起手腳來。

「沈大爺，請你放尊重點兒，」奚薛氏忍無可忍，作色說：「我是看你喝多了酒，才一直讓著你，你這樣子拉扯，太不成體統了。」

「我的小嫂子，我是不忍看妳整天伴著那個殘廢，守活寡，我才……妳可甭把我的好心當成驢肚肺看。」沈兆堂一時朦朧，話說溜了嘴：「再說，妳男人那半條命，還算是我替他留下的，呃呃……當初我若是答允了宋皮臉，你們夫妻倆，只怕早就下了土啦！我留妳跟我過日，不會虧妳。」

「是嗎？」奚薛氏挫著牙齒：「當初你是跟宋皮臉勾結妥了的？」

「嗨呀，過去的事，還談它幹什麼？」沈兆堂醉裡馬虎的：「若依宋皮臉，妳早就沒命了！」

事情究竟是怎麼發生的？只怕連沈兆堂自己也記不真切了，他把奚薛氏逼到一張長凳上，在緊要關頭，女的抓起一把剪刀，只是那麼一剪，沈兆堂就斷了勢，再也不算是男人了：這種事，想瞞也是瞞不過的。奚薛氏備妥一輛騾車，揹了殘廢的丈夫，帶了孩子，連夜出後門逃遁了。精赤條的沈兆堂暈厥在那間屋子裡，直到四更天，巡夜的經過側院，聽到有人呻吟呼痛，這才把他給救起來的。

說來跟他當初謀算奚倫的結果差不了許多，奚薛氏並沒有存心奪他的性命，只是也讓他成了殘廢，——使沈兆堂最痛心的殘廢。因為從此之後，對於色字，他是再也沾不上邊了。

等到沈兆堂養好了傷勢，再著人去追查奚薛氏，哪兒還見得人影兒？鬼漩渦那樣旋轉著，到頭來，轉沉了的卻是他自己……。

斷了勢的沈兆堂，在旁的事情上，不但沒有收斂，反而更加兇狠陰毒。帶著一股子怨憤，恍惚他記得奚薛氏那張彷彿隔著波紋晃動的臉子，曾像一盤磨石般的貼近他，她的話仍在耳邊嗡嗡的旋轉：

「沈兆堂，你這個笑著臉的賊！我今夜姑且饒過你一命，你若日後再敢猖狂，我會給你更厲害的教訓！」

哼！話倒說得挺硬的，能讓那女人逃得性命，她業已是走了天大的運了！每想起這些，他就恨得牙根發癢，恨不得攫著奚薛氏那個女人，割了煮肉吃！

這消息遠近轟傳著，傳到宋皮臉的耳朵裡，宋皮臉曾經親到沈家灘來看望過沈兆堂，他怕宋皮臉笑話吃虧在好色上，便先自攤開手說：

「好毒的婆娘，老子給了她半斤，她竟即時還來一個八兩；不論哪一天，她只要犯到老子的手上，我非一寸一寸的割她不可！……幸好我先已有了個傻兒子在，斷勢不斷後，要不然，真它媽被她弄得斷子絕孫了。」

「我說，兆堂老弟，這些話不必再講了！」宋皮臉帶著煩心的樣子：「當時她還算對你客氣，只卸下了你那騷筋四兩，若真割了你的大腦袋，你還能坐在這兒發怨火嗎？

聽你的話，苦的是我，自打聽到她逃掉的消息，我夜夜都闔不上眼，你甭忘記，我跟她還有一筆老帳沒結啊！」

「我顧不得你怎麼樣了！」沈兆堂惱怒的說：「總而言之，她這一剪刀，使我跟她之間，這一輩子沒完沒了！這個仇，我是非報不可！」

他不但對著宋皮臉，咬牙切齒的發過這個大狠，就是在夜靜無人的當口，沈兆堂也常把這種發狠的話，反覆說給他自己聽。

但，剪斷了的，再也接不上了，心餘力絀的沈兆堂，空自發著乾狠也無濟於事，只有把這份心思，移到他那逐漸長大的傻兒子的頭上，盼望小傻子能早點兒娶上一房媳婦，好替自己抱個孫子。……讓自己的親骨血，去續一續他被剪斷了的春花秋月。雖有些變調，至少，在事隔多年之後，沈兆堂無可奈何，也只有這麼想了。

傻子娶親

提起沈兆堂那個獨種寶貝兒子小傻子，就外表看，有八成跟他爹一個揍像；黝黑的螃蟹臉，微凹的環眼上，蓋著一對掃帚眉毛。不過，他的眼珠有點兒對視的小毛病，俗說叫做鬥雞眼，配上兩隻獠出唇外的大暴牙，使他更有些像是野豬。

小傻子也並不太傻，——總比白癡要強一點兒，只是他那個笨重的腦袋彷彿經過碰撞，使他整天顯得暈迷迷的。人長到十五、六歲了，一張總是闔不攏的嘴，嘴角常垂掛著腥氣的黏涎，拖出尺把長不落地，而且伸縮自如，隨時可以吸回嘴裡放著。

說他並不太傻，倒不是毫無因由的，小傻子偶爾也聽得懂別人說的話，比方旁人拿他開心，叫說：

「小傻子，把黏涎拖長點兒！」

他把鬥雞眼一轉，果然把黏涎給放長了幾寸。

若是說：

「小傻子，小傻子，把黏涎替我吸回去！」

他也會把嘴角一歪，朝上略微一抽搐，嘶的一聲，那條像雞蛋清般的黏涎，就會像耍戲法似的回到他的嘴裡去了。

除掉會聽一些話，他也能扳著手指頭，數出幾個不相連貫的數目字，能分辨出陌生和熟悉的面孔，沈兆堂認爲最要緊的，而且頗爲得意的一點，就是小傻子能分得出牲口的公母。按照他的想法，只要這個傻兒子能分出什麼是公的，什麼是母的，事情就好辦了，也就是說，他傻歸傻，至少還不至於傻到不懂得怎樣生兒子。

多年前，挨了奚薛氏那一剪，把他生機剪得斷絕了，沒辦法再要一個不傻的兒子。

如今之計，他只有巴望這個傻兒子能爲他生出個不傻的孫子來，要不然，這一人片產業，日後撇給誰？既然想抱孫子，就得先替兒子找媳婦；娶媳婦可不比買雞買鴨，閉上眼儘揀肥的拎。最初，沈兆堂只是嘴上說說，並沒親管這檔子事，小傻子提親的事情，全交給傻子他媽劉氏去辦的。劉氏也請了媒婆，明查暗訪，到處物色媳婦兒，她只看到自家的家業大，卻沒計算過自己的兒子傻，不想想旁人要不要挑女婿，只想著自家要挑兒媳。

劉氏挑兒媳，這一條那一款的，花樣還多得很，她不要大門大戶的，說是大門大戶人家的閨女，太嬌生慣養了，光是細針細線，繡花繡朵當不了飯吃。她也不要小門小戶人家的閨女，說是小門小戶人家的閨女，站沒有站相，坐沒有坐樣，小家寒氣的缺欠福澤。這樣，只有在中等人家的姑娘裡挑選了，一樣是跟小傻子年歲相當的，劉氏要挑肥屁股大奶子型的閨女，說是：大屁頭子，才肯養兒子，有了那一型，還得皮膚不太白，說是：蘆一千，黑一萬，白雞好看不下蛋，她拿雞來比人，順口背出來，倒是滿即興的。

不過，這可把那些媒婆給坑苦了，有的跑踵了腿，有的跑大了腳，也沒找到哪家姑娘是如式的，即使有一兩個勉強如式，人家卻不願意把女兒許配給那個傻子。

這話叫沈兆堂聽著，他可發了急又光了火了。

「笑話?!我沈某人的兒子娶不著媳婦?!」他跺著腳吼叫說：「弄得好便罷，惹火了老子，論搶，我也要替小傻子搶一個回來！」

「罷了吧！」三姨太在一邊笑話他說：「你正是越老越不上路那種人，天底下，打光棍的搶老婆的事，多得很，可沒見做老公的，去替兒子搶媳婦的，——除非你是爬灰精變的。」

一提到這個，沈兆堂的臉就變長了，有句話他說不出口來，——他連爬灰的格都沒有了！既不用擔上爬灰老公的名聲，為什麼不能替兒子搶媳婦?!

正巧那年的初夏，有個瞎眼老頭領著一個閨女路過沈家灘，歇下來彈琴賣唱。沈兆堂看那女孩的年紀正好和小傻子相仿，她生的一付俏生生的好模樣兒，鵝蛋臉，尖下巴，彎彎的一排前瀏海，髮梢兒貼在眉毛上，微瞇的兩眼在抬眼望人的時候，不笑也有些笑的樣子。他把腦筋動到這女孩頭上，倒不是因為她長得出色，而是，……而是打他栽在奚薛氏手裡之後，他便從心眼裡厭惡這些走江湖的人物，多少帶著一份盲目的怨意，彷彿這樣便報復了什麼。不管小劉氏和傻子願不願意，他就著人帶了槍，把瞎老頭子和他的閨女召了來，話雖說得客氣，客氣裡卻帶著幾分威迫，逼著那瞎老頭把他的閨女，半賣半嫁給小傻子做媳婦。

「我這算是當面提親，」他說：「在沈家灘這一帶，我沈兆堂的家道，管打聽。我就是這麼一個寶貝兒子，人長得憨厚傻氣，吃喝嫖賭不沾邊，決不會虧了你的女兒，你儘管放心。」

「我倒不是不放心，沈大爺。」瞎老頭說：「我呢，也就是這麼一個女兒，父女倆飄流在外，相依爲命慣了，莫說如今她還小，談婚嫁還早，就算到那時，我，……說句私心話，我還打算招女婿呢！俗說，嫁出門的姑娘潑出門的水，嫁到您這種大門大戶的人家，我瞎子連門檻兒也摸不著，日後靠誰養活？」

「這倒是小事情，」沈兆堂說：「你要錢，我把錢給你，你要嫌沒人照應，你就留著，在我這兒，總比你飄流打浪強得多，咱們日後成了親家，我還會讓你忍飢挨餓，受那風吹日曬的苦楚？」

「我說，沈大爺，您就抬抬手，放過咱們父女吧。」瞎老頭著急懇求說：「您家大業大，門當戶對的人家多得很，何苦要找上我這沒門沒戶的流浪人？」

「不成！」沈兆堂攢下臉來說：「老瞎子，我替我兒子挑媳婦，挑上了你的閨女，該算是你的造化，你總是推三阻四是什麼緣由？難道我兒子配不上你的閨女？你既不給我面子，我就要替兒子當家，硬娶了！」說著，朝左右一呶嘴，就吩咐押人。

沈兆堂存心要把苦戲當成樂戲唱，哪怕瞎老頭兒頓足捶胸，呼天喊地也沒有用了，只是那姑娘倒挺沉得住氣，不但沒哭鬧，反而嘰嘰咕咕的低聲勸慰著她爹。——對於小傻子的婚事，沈兆堂不願意張揚卻講究快捷；硬留下那閨女的第二天，沈家宅子裡就張燈結綵，簡單的辦了喜事，把個穿新衣戴新帽的小傻子簇擁到洞房裡去了。

旁的事情，沈兆堂都能替兒子作主行強，捺著牛頭飲水，唯獨當小傻子進房之後的事，卻使不上勁，幫不了忙，只能寄望於能分出牲口公母的小傻子他自己了！至於小傻子怎樣做法？沈兆堂夫妻雖說幫不上忙，卻也急於知道下一回如何分解？這樣，唯一的辦法就是聽房。

在習慣早婚的北方，尤獨是鄉角落裡，那些半樁小子，糊裡糊塗被穿戴起來做了新郎，他們雖然不傻，但在這回事上，也跟小傻子差不多。做父母的關心太過，多半有整夜把耳朵貼在洞房窗外聽房的，要是頭一天夜晚，做新郎的不得其門而入，那麼，第二天，做父母的就得扳著嘴教他，夜晚再聽聽到底教會了沒有？直至聽見帳鉤兒叮噹碎響，十成心才勉強放得下八成。餘下的，還得要等到二天早晨，妯娌們去替新夫妻理床，抱著殷紅小褥出來討釆，那才算一塊石頭落了地，感謝周公。

沈兆堂夫妻倆當然曉得這個，不過，他們的兒子是名符其實的小傻子，因此，他們要比一般做父母的更多擔一份心，恐怕傻子壓根兒不懂得那回事，把大好的春宵給浪擲了！

小傻子新夫婦的洞房設在側院的後屋裡，沈兆堂不會忘記，當年自己就在那屋裡挨了剪刀的。他這回擇定那屋給兒子做新房，硬逼著另一個走江湖的女孩做新娘，是巴望兒子能濟得事，滿足他變態的報復心，……儘管這個媳婦和奚薛氏無關。

天到起更時，他跟劉氏像做賊似的，一路摸到洞房外面，隔著油紙窗，看得見那對紅燭還在燒著，燭燄搖曳，窗光影影綽綽的跳動著。兩個老夫妻側著臉，挨著窗子，這樣認真的聽起房裡的動靜來了。

房裡最先是靜靜的，聽不著半點兒聲音，劉氏聽得半邊頸子發痠，詫異的悄語說：

「這就怪了?!難道小傻子今夜真的是福至心靈，忽然開了竅了?這才進房沒多久，船就入了港啦！」

「不不不！」沈兆堂搖頭說：「兩個人，若只有一個怕羞，事情還好辦，逗上兩個怕羞怕到一對去了，一個坐床頭，一個坐床尾，皮不靠皮，肉不沾肉的呆坐一夜，那才難受呢！」

「是啊！」劉氏埋怨說：「若真那樣，真叫活作孽。這全怪你當初沒幹好事，又風流過了頭，娶三個不夠，又要糟蹋奚薛氏，老天嫌你報應得不夠，連累兒子也不能……什麼，你說該怎麼辦?——這個媳婦，可又是你作主行強硬弄來的！」

「嗨，妳那碎碎叨叨的嘴，老提那些老話幹什麼?!」沈兆堂說：「替兒子搶媳婦也算是作大孽?」

「你光顧著搶媳婦，我問你，你教過你那傻兒子怎樣做新郎沒有?——鼓槌兒不動鼓會響?!」劉氏說：「看光景，光聽不成，我得要舐破窗紙看看才成了！」

「看又有什麼用?戲是他們兩個唱，唱得好，輪不著咱們喝采，唱得不好，反而瞪著

眼乾著急。」

「我不管！」劉氏說：「他們這樣不聲不響的，多悶人！我叫悶得心慌，連氣全透不過來了！」

劉氏正待去舐窗紙，忽然聽見屋裡的兩個說起話來了，她停住動作再聽，屋裡這兩個，終於打破了悶葫蘆，一敲一搭的小聲談著什麼，她聽見兒子說：

「妳是誰？怎麼跑到這兒來的？」

「你爹把我搶來，給你做媳婦的，……你叫小傻子不是?!」

「是啊，妳怎麼曉得我叫小傻子？」

「我會算。」女的說著，咭咯咭咯的笑出聲來。

沈兆堂夫妻倆原以爲小傻子既已跟女的答上了腔，兩人總會攜手登床的，雖說在夜深風露裡站得久了，仍得按捺著性子等下去。誰知裡頭那兩個說話一說開頭，越說興頭越大了，那做新娘的，不知是真不懂事還是假不懂事，不寬衣，不解帶，也不登床，竟教小傻子唱起小調來，她曼聲的唱著，小傻子便跟她學著，唱得荒腔走板的不成曲調，但小傻子卻拍手打掌，顯出樂呵呵的樣子。

「嗐！真是豈有此理，太……莫名其妙了！」沈兆堂爲之氣結，跺腳說：「小兩口就是願意唱著過，什麼時刻不好唱？偏要揀在今天晚上?!這可是洞房花燭夜，按規矩，是不興空房的！」

「你在這兒乾著急，有什麼用？」劉氏說：「這種事情，只有想法子點撥，讓小傻子自己開竅才成。你這個做老子的，明天得把小傻子叫去，親自教他，他若還是不開竅，就是你沒教透澈！」

劉氏心裡也急得像螞蟻爬，說了話，想想還是不放心，終於把窗紙舐破了一個洞，朝裡頭偷看起來了。

嘿，外頭的兩個等得不耐煩了，裡頭的兩個卻像沒事人，唱唱唱了一個更次，剛一停歇，那做新娘的又變了個新花樣，教小傻子站成騎馬步式，跟著她打拳踢腳，左一招，右一招的練起武來了。

「糟！糟！」劉氏說：「這可糟透了！」

「又是什麼事，讓妳這樣埋怨來著？」

「你自己瞧吧，」劉氏閃身挪了一步，讓出那個窗孔來，朝裡頭指戳著說：「你只管巴著小傻子娶媳婦成親，這種媳婦可是你一手挑揀了硬搶來的。我看，她要比咱們家那個還要傻，這哪兒像是洞房？簡直成了武館！她哪兒又像新娘？簡直成了教習啦！文的教過了，又來教武，這不是傻到一堆去了嗎?!」

沈兆堂眼貼在小窗洞上一瞧看，劉氏說的沒錯，小傻子掖起袍角，跟著新娘子掄拳踢

腿的弄了一頭汗，新娘子教他的那套拳腳，根本沒有路數，只能說是胡七倒八的傻人拳，空耗時辰罷了。

「這可把我給搞糊塗了?!」沈兆堂困惑的說：「妳想想吧，——瞎老頭兒帶著他這個閨女，走江湖賣唱的，她既能跟她爹到處跑碼頭，就不會是個傻丫頭，再說，妳瞧她這付眉清目秀的模樣，也決不像是傻子呀！」

「我不管，」劉氏說：「我急得火燒心，也沒閒跟你談這些了。總而言之，這種媳婦不能要，咱們能讓他倆這樣夜夜在房裡耍猴？」

「娶都娶進門了，怎好又不要呢？」沈兆堂說。

「那還不簡單?!」劉氏說：「多給幾個錢給瞎老頭兒，要他把女兒領走就是了，你既能硬搶親，就能硬退親！」

「我看，這事得壓一步，放緩幾天，等我教了傻子再講吧。」沈兆堂說：「好樣兒的一個媳婦，找來不容易，若把她交給瞎老頭兒領走，一時又到哪兒找去？——我就是再有槍枝勢力，也不能明目張膽的在沈家灘附近動手，硬搶人家的閨女來配給傻子，打起官司來，總是麻煩事，理字上站不住，只有花錢塞洞，假如落了笑話給旁人看，這種事我可再也不願幹了！」

沈兆堂雖是蠻悍無理，但也好像被當年奚薛氏那一剪刀剪破了膽子，幹了事，又有幾分畏縮猶疑。

兩人在洞房窗外，一直聽瞧到四更天，好不容易等到裡頭兩個不打拳了，但還不上床歇息，又接著扮起戲來。這一回，可真的扮的是耍猴兒，做新娘的手裡拿了一把雞毛撣帚兒，小傻子頭上頂著紅漆馬桶蓋，一跳一跳的做猴子，新娘打他一撣帚兒，他就跳上一跳，呦呦的叫上兩聲。

「你瞧，這還能再看下去嗎？」劉氏氣得有些發暈，人靠在牆上，舉手輕拍腦門，閉上眼說：「剛說他們耍猴，他們果真就耍猴，……天都快亮啦！」

「我這一急，倒被我想起一宗事來了！」沈兆堂說：「是不是平素我得罪的人多，有人存心跟咱們作對，在新房裡使了手腳，——佈了惡魔了？」

「對呀！」劉氏一聽，急忙睜開眼說：「我光是著急，可也把這宗事情給忘掉了！瞧他們這個樣子，真像是中了惡魔似的。」

佈魘這檔子事，在此地的傳聞裡很多，不由沈兆堂夫妻不信。不單是小夫妻新婚時有佈魘的事情發生，就是在起造宅子上樑的時刻，也有各種佈魘的方法在，尤獨是施術的人佈下惡魘，更和受魘者全家的性命有關，魘物有邪力，往往會使作法破解無效，非得把那魘物找出來，放火燒掉，否則便不得寧靜。

「這樣吧，」沈兆堂想了一想說：「咱們先回去歇一會兒，等天亮後再說。若真有人

施魔，那倒好辦，咱們只要毀掉那魔物就成了。」

兩夫妻回房去睡至大天四亮，正待起身去新房去搜尋魔物，誰知事情又起了大變化；新房裡，做新郎的小傻子，摟著個枕頭，在床榻板上睡得像條死豬，而新娘子卻不見了。再去找那瞎老頭兒，瞎老頭兒也不見了，沈兆堂著人遍搜沈家灘附近，也沒見著半個人影兒。

這種事情，終究是遮蓋不住的，用不了幾天，遠近便轟傳著小傻子娶媳婦落了空的事；沈兆堂強留那閨女跟小傻子拜堂，但他那傻兒子不爭氣，不但沒佔著半點兒便宜，反被那閨女團哄得頂了一夜的馬桶蓋。爲了這樣，一向愛撒潑的劉氏跟沈兆堂大吵大鬧，把聽的看的，全給抖露了出來。人說：屎不撥弄不臭，這對夫婦偏把一泡稀屎當成泥漿來踩，哪有不臭得人人掩鼻的？

對於那個瞎老頭兒和他的女兒，傳說更爲紛紜，但沒有誰確知他們究竟是什麼來歷？什麼路數？只覺得他們神秘莫測，其中必有文章。沈家的宅院那麼大，護宅的莊丁好幾十，瞎老頭兒和他的閨女若不是有一套，怎能順順當當，從從容容的逃離那座宅院來?!有人揣測說，瞎老頭兒父女倆，也許是哪一股股匪差到沈家灘來探路的，因爲遠近黑道人物，都知道沈兆堂手裡，握有那一塊桌面大的烏金。對於這種猜測，也有人不以爲然，他們認爲沈兆堂本身也是混世的，跟此地幾個主要的股匪頭兒都有暗線相通，而且沈兆堂手底下的槍枝多，人手齊全，還不至於有人敢打他的主意。

有人想過，沈兆堂是否有什麼仇家？但那瞎老頭兒父女，顯然不是姓沈的仇家，那閨女除了戲弄了小傻子，並沒有報仇的舉措，這種猜測，一樣的站不住腳。

甭說旁的人猜不出所以然來，就連沈兆堂自己，也掉到五里霧中去了。這宗事看似平常，但卻帶給他一種不吉的預感，不光是個使人掩鼻的臭笑話而已。

照著葫蘆畫瓢

丟了媳婦的小傻子更傻了，沈兆堂扳著嘴教他，小傻子也只是歪嘴瞪眼，一味的傻笑。沈兆堂的心情被弄得很污糟，但又不能就此放手不管，聽憑傻子一輩子光棍打到底，總得再替他找一個媳婦才行。

不過，笑話業已鬧出去了，小傻子成了有媳婦的人，誰還肯把閨女再嫁給他?!附近既然找不到，沈兆堂只好把腦筋動到遠處去，希望能靠媒婆的花言巧語，撮合成一門親事。

媒婆裡頭，有個叫劉大腳的，她不但腳心像抹了油似的，跑得勤快滑溜，一張利嘴，更是能言善道，能把死人說活，活人騙死。沈兆堂夫妻倆找到她，大把塞錢，託劉人腳費心，到遠處去，替小傻子另行物色個媳婦。

「沈大爺，沈大娘，你們儘管放心，」劉大腳笑著說：「承兩位看得重我劉大腳，就是再難辦的事，我也要盡心盡力，把它擺得平平的，弄得妥妥的，讓你們兩位，心像熨斗熨過一樣，——半個褶印兒也沒有。」

「說來妳是曉得的，大腳嬸兒，」劉氏說：「我們家的傻子，其實也不能算太傻，牲口的公母，他全認得出來，其實……其實人帶三分傻氣，有什麼不好？俗說：『傻人有傻福啊！』」

「就是嘛，傻哥兒一屁股坐在這一大片灘地上，穿不愁，吃不愁，誰家女兒嫁過來，不就是享現成的福？可惜有些人家不透氣，和尙的大襟——左著來，這一回，我得去找個想得通的門戶，包妳有個好兒媳婦進門就是了！」劉大腳說。

劉大腳是大拍胸脯包了的，她曉得近處已經沒人願把女兒許給沈家的傻兒子了，只好放長麻線頭，到遠處去釣那願意上鉤的。她幹媒婆幾十年，路徑和人頭都熟得很，一釣竿摔出幾十里，正好摔到錢家圩，找上了肉頭財主錢老頭兒了。

論起行事爲人，錢老頭兒算得上是老好人，只是多年吝嗇成性，過份看重錢財；他有三個閨女，大閨女嫁給錢莊老闆，二閨女嫁給銀樓的小開，第三個閨女還沒許配，只因錢老頭兒心裡偏著老么，存心要替她找一戶比她兩個姐姐更有錢的人家。

劉大腳腿長腳大，跑的真夠快當，曉得錢老頭兒急著要嫁女兒，立時就跑進了錢家的門，錢老頭兒問起對方的門戶，劉大腳便說：

「能做得了錢家女婿的人家，掐著指頭數算，在這幾十里方圓之內，能有幾家夠得上格的？我要說的，是沈家灘沈兆堂大爺的兒子。也許路程遠，您不甚清楚，他那份家業，變成黃金，十個八個人也休想抬得動，您沒聽說，他們家連吃飯桌子，都是烏金打的。」

「嗯。」錢老爹說：「妳若是提到旁人，我或許不清楚，提起沈兆堂，我卻清楚得很：早在十多年前，我在茶棚裡救過一個人，那是替他當護宅師傅的奚倫，後來姓沈的謀奪人家老婆，挨了一剪刀，這個笑話，妳再走遠一點兒，也沒人不知道。」

「嗨，這有什麼要緊呢?!」劉大腳說：「你的小姐只是許給他的兒子，沈家大妻倆膝下就是這麼個獨種寶貝，沒人分他家業，奪他田產，日後兩個老的一伸腿，那片家業，還不是歸你家小姐獨掌著嗎？」

「聽說沈兆堂的兒子是個傻子。」錢奶奶說：「長得粗手大腳，夯裡夯氣的，一張鮎魚嘴，終年淌口水，那種女婿，我不稀罕。」

「錢奶奶，妳又沒親眼見著，光聽人傳說怎麼成呢？」媒婆劉大腳陪笑說：「男人不比女人，手大腳大主富貴的，妳沒聽人說，手大拿錢穩，腳大把地穩，嘴大吃四方，口水汪汪，米爛陳倉嗎？」

「照妳這麼說，沈家那孩子簡直是十全十美了？」錢老頭兒說。

「這可不敢說，」劉大腳流水應著：「他也不是沒有欠缺，比方說：他爹那種風流習性，他就連半點兒也沒有，他呆板厚實，有三分傻氣倒是真的。」

禁不住劉大腳拚死命的遊說，錢家老公母倆竟然就把這門親事，糊裡糊塗允了下來，劉大腳打鐵趁熱，掇弄沈兆堂立時下聘，雙方把親給定妥了。不過，定親還不到半個月，錢家弄明白真相，曉得是受了媒婆的騙，不願把閨女許給小傻子這種白癡，又把聘禮給退了回來。

「這可不成！」沈兆堂眼見事情裂了縫，便火說：「你們沒弄清楚，為何當時收下聘禮來著？如今鬧著退聘，叫我摘下臉朝哪兒掛？退聘是萬萬談不上的，既定了親，你閨女就是我沈家的人了，我高興哪天放轎抬人，就在哪天放轎抬人，天王老子，也擋不得我娶兒媳婦！我這可是一句話說絕了！」

「我也一句話說絕了給你聽，」錢老頭兒也固執得很：「今天聘是退定了，我的閨女決不嫁給白癡。」

事情終於弄得很僵，錢老頭兒想扔下聘禮，轉身就走，沈兆堂拍著桌子，吩咐槍隊送他，再把那份聘禮，原封不動的押送回錢家圩去。錢家一族，也是有門有戶的人家，當然吃不下這一杯，有人主張由錢老頭兒出面告狀打官司，有人主張就是不嫁閨女，看他姓沈的有什麼方法來搶？假如沈兆堂真敢放槍搶人，這邊便也糾合槍枝，兵來將擋的豁著幹一番。

「哼！憑它錢家圩那幾個雜湊的人頭，也想抗我姓沈的？」聽說錢家圩想玩硬的，沈兆堂便又豎起鉗子學了螃蟹：「老子上一回能玩硬的，這一回，就來它一個依樣畫葫蘆好了。」言下之意，不用說就是要硬搶親，先把錢老頭兒的閨女搶來，和小傻子圓房，把生米煮成熟飯。

沈兆堂頭一回自率人槍，去錢家圩搶兒媳婦，葫蘆沒畫成，只畫了個半邊瓢。錢家圩的槍枝不多，但早有準備，沈兆堂領著人槍去撲圩子，錢家的槍隊早已埋伏在小河岸邊等著他，趁他們捲起褲管蹚河涉水時，槍銃齊發，只消片刻功夫，便把沈兆堂打得小桶沒箍，——散了板啦！

沈兆堂騎著一匹黑馬，眼瞧路數不對，撥轉馬頭，領先朝回跑，但子彈比他的馬跑更快，有那麼一粒小小的彈丸鑽進了黑馬的屁股，黑馬猛舉前蹄人立起來，使沈兆堂跌了一個倒栽蔥，這一跤跌得不怎樣，只把原先昂昂的腦袋跌萎了，沒精打采的回到沈家灘。

不過，正當沈兆堂懊惱的當口，突然來了個幫忙的，那人就是跛了腿，板了腰的宋皮臉。

宋皮臉因爲在北地作案太多，官裡緝拿他，最先他帶著餘眾去依靠姚小刀子，姚小刀子偏又趁人之危，吞併他的槍枝，他著實立不住腳，這才帶著幾十桿槍和一班馬隊，到沈家灘來依沈兆堂，希望避避風頭。

「老哥，我沒想到，你竟然混得這麼秋氣？」沈兆堂說：「人槍少了不怎樣，連膽子全混沒了，日後怎麼再去闖蕩？」

「你還說呢，老弟。」宋皮臉反過頭埋怨說：「我倒不是怕官裡能把我怎樣，卻是憚忌姓奚的夫妻倆，當初你若把他們一家三口交在我手上，立時了斷掉，我如今決不至於被逼成這種狼狽相……。」

「姓奚的夫妻倆又露面了？」

「可不是！」宋皮臉神色凝重的說：「那奚倫雖是殘廢了，但奚薛氏卻也糾合了一些人手，幫著官裡緝捕咱們，這些人久走江湖，對咱們行蹤線索握得很緊，令人防不勝防，這全是你當初留下來的禍根。」

「她露面很好！」沈兆堂咬牙切齒的說：「想當年她趁我酒醉，那一剪刀的仇，我無時無刻不記在心上，我到處找她找不著，這回若叫我攫著了，可有她好看的！」

狠是發得夠狠了，不過，他落馬時摔傷的腦袋還纏著布，有些暈暈糊糊的，宋皮臉問起，他便把撲打錢家圩去搶兒媳的事說了一遍，最後他說：

「論實力，錢家那夥人，根本不夠我拎的，但他們機伶狡詐打埋伏，硬砸了我的鍋，我那傻兒子一天不娶著媳婦，我的心一天就放不實落。」

「依我看，這宗事情倒是容易辦。」宋皮臉幫他拿主意說：「你想搶錢老頭兒的閨女，用不著擺出大陣仗，跟他們頭破血流的力拚。只要找機會混進圩子，把她給劫出來就成了。」

「行嗎？」沈兆堂說：「錢家圩可不是小地方，一共也有上百口人家，前後臨著河，地勢夠險的。」

「這個你放心，」宋皮臉笑笑說：「我不知抬過多少財神，比它錢家圩更險的地方，我一樣直進直出像走大路一樣。辦這種事，鬥智不鬥力，得要先埋妥暗樁，佈妥耳目，摸清對方底細才成。」

「兄弟究竟沒在這行上，」沈兆堂說：「事情委實辦得太莽撞了，不知老哥您肯不肯幫這個忙，我的槍枝人手，由你調度。」

「那倒用不著。」宋皮臉說：「這事辦起來，人手多了，反而不方便，我只要差出幾個得力的手下，打進錢家圩去，就成了。」

宋皮臉對於抬人這個行道，果然有些牛皮，把人差出沒幾天，就把錢老頭兒的閨女，活活裝在麻包裡扛了回來。沈兆堂奇怪怎麼那樣快當？才曉得那三個差出去的傢伙，一個扮成專賣胭脂花粉和針線的貨郎，一個牽著牲口，扮成專收雞毛鴨絨的販子，另一個扮成

乞丐，混進了錢家圩子；錢家圩的人們，自打用埋伏擊退了沈兆堂，便放心大膽過日子，沒料到沈兆堂膽敢再差人進來動手腳。錢家的閨女最愛刺繡，那天清晨起大霧，她聽見屋後的貨郎鼓響，便跑出去買絲線，這好！那假扮的貨郎瞧著附近沒人，伸手捏著她的頸子，便像拎雞似的把她拎到屋角的牛草棚邊去了，假扮乞丐的撕塊破布塞住她的嘴，用腰裡的蔴繩把她捆了個紮實，那假扮收買雞毛鴨絨的傢伙，便拿準備妥了的長蔴袋，把她從頭到腳套了進去，紮妥袋口，放在牲口上當成收買得的雞毛鴨絨，就這麼悄悄的分批出了錢家圩，一路奔回來了。

蔴袋打開，放出那個年輕的閨女。沈兆堂仔細一端詳，覺得媒婆劉大腳未免言過其實，這個閨女長得細瘦黃白，衣著也夠寒酸的，假如比起前些時那個走江湖賣唱的閨女來，起碼要差三四個頭皮，簡直不像是肉頭財主家的千金。

「你們幾位搶錯了人沒有？」沈兆堂說：「這閨女好像不是錢老頭兒家的三姑娘。」

「沒錯，沒錯！」扮貨郎的說：「咱們問過根，盤過底，她確是錢老頭兒的女兒，他家就只是一個女兒在家，她是打錢家後門走出來的，哪會有錯來？」

「怎麼？沈大爺早先沒見過她？」

「當然沒見過，」沈兆堂說：「要是見過，一眼就認出來了！」

「這事容易得很，」宋皮臉說：「把劉大腳找來一認，不就成了？」

劉大腳是被找的來了，但那媒婆也沒見過錢老頭兒的三閨女，她說：

「這事容易得很，沈大爺，閨女如被捆在這兒，您只要挖開她的塞嘴布，親自問她一問不就得了？假如是的，她也賴不掉，假如不是，她也不會冒充。」

使人發急的是這個閨女拗得很，恁是怎麼問她，她總是垂著頭，一字不吭，彷彿天生是個啞巴。沈兆堂問火了，吩咐說：

「她既憋氣不開口，我也管不得那許多了！著人把她帶下去看管著，供她茶水飯食。查查黃曆本兒，揀個最近迫的黃道日子，先讓小傻子進洞房，萬一弄錯了，日後再換也不遲。」

正巧黃道日子隔不上幾天，沈兆堂的宅裡又爲小傻子的婚事忙碌起來；其實這回也沒有什麼好忙，燈綵都是現成的，洞房還是上回的老洞房，床帳被褥，一應俱全，只是跑掉一個新娘子，又換一個新娘子而已。由於沈兆堂講究排場，這事又是宋皮臉一手辦成的，不得不大張筵席，請宋皮臉那夥子人全來湊熱鬧，一個個喝得東倒西歪，鬧至起更後，才把小傻子送進洞房。

一切外表上的文章都做了，沈兆堂夫妻倆擔心的，還是做新郎的小傻子，這回是否開了點兒竅？派不派得上新郎的用場？說是依樣畫葫蘆，一點也沒錯，揀著夜深人靜，這夫妻倆又站到洞房窗外，專心一意的聽起房來啦！……這一回，小傻子遇上這個悶聲不響的新娘子，可對上勁了，她不說話，他也不開腔，兩人一個坐床尾，一個坐床頭，像一對木偶似的，一動不動的乾耗紅燭。

等不到一個更次，劉氏又埋怨起來說：

「上一回，我就讓你教他，你這做老子的，究竟是怎麼個教法的?!越教他越傻了！」

「妳問我怎麼教他，我教他見著穿紅戴綠的女人，就得騎著她，當成老虎打！……誰曉得這個新娘子根本算不上老虎，他就忘掉那回事了。」沈兆堂沒好氣的說：「如今妳叫我怎麼辦？」

「怎麼辦?!」劉氏說：「你不能在窗外大聲的提詞嗎？」

沈兆堂無可奈何的聳聳肩膀，泛出一絲湧自心底的苦笑來說：

「這可好！我處心積慮的把兒媳婦搶進門，半夜三更睡不了覺，要站在這兒聽房，聽房還不算數，要舐破窗紙看著他們，看著也不成，還得大聲的提詞兒?嗨，這個傻兒子，還算得上是兒子嗎？」

「你廢話少說一堆吧，」劉氏說：「沒瞧天到多早晚了?難道又白白的看著這一夜又空房？」

「好吧！」沈兆堂只有硬著頭皮說：「提詞歸提詞兒，究竟靈不靈光，我可不敢說了！」

夫妻倆各貼在一扇窗格上，打舐破的窗洞中朝裡面看，紅燭業已燒掉一半，各還賸下不到五寸長的一截兒，新娘子彷彿現出很睏乏的樣子，低著頭在閉目養神，小傻子倒顯得挺有精神，一會兒吸一次拖長的口涎，兩眼直楞楞的盯著新娘子瞧看；沈兆堂在外頭低低的叫說：

「傻子傻子，你甭儘瞅她，她可是深山裡的老虎變的，爹是怎麼教你打老虎的？你快替我捺著打呀！」

洞房裡的小傻子一聽這話，果然揎拳抹袖的動作起來，他一把拖住新娘子，把她強捺在床榻上，對方扭動身體，死命的撐拒著，兩個人便在床上互相撕扭起來。

「妳瞧吧！我的方法靈了！」沈兆堂對劉氏說。

「你慢點兒高興，」劉氏說：「就像這樣穿著衣服打架，明年你想抱孫子？甭做美夢了！」

「瞧妳急個什麼勁兒？」沈兆堂說：「只要第一招兒靈驗了，我還有第二招呢！」

這時候，床上兩個打得床板叮咚響，新娘子臉掙得紅紅的，又是撕，又是咬，又用指甲亂抓撈，把小傻子的臉頰都抓出一條條的血印子來，小傻子真的擺出景陽崗上打虎武松的架式，一心想騰身跨上虎背去，他每一騎上去，對方就用腳把他踹下來；不過，傻子雖傻，仍有一身的蠻力在，撕扭得久了，新娘子便氣喘吁吁的顯得力怯，被小傻子壓住了。

「傻子傻子，你把老虎捺住了沒有？」沈兆堂在窗外叫著說。

「捺住了！」小傻子光顧著說話，一灘口水滴落在新娘子的臉上：「牠還在動呢！」

「動倒不怕牠動，」沈兆堂教他傻兒子說：「你得替牠的虎皮剝下來。」

「好！」傻子說：「我這就來剝！」

倒不是打虎容易剝虎難，只因新娘子早有準備，她一共穿了六七層緊身的衣褲，每件衣裳都有密密層層的鈕扣兒，每條褲帶勒得鐵緊鐵緊，又打了許多死疙瘩，解也解不開，扯又扯不斷，即使躺著不動，也夠小傻子忙乎半天的，何況她仍死命掙扎，腳蹬著，手護著，使小傻子兩手動作得極不順當；這樣上下其手的剝虎皮，整整剝了兩個更次，饒是小傻子有些力氣，也喘哈哈的累出一頭大汗來，而那隻老虎的虎皮，還有兩三層釘身上；在快到緊要關頭，雞也叫啦，天也亮啦，小傻子也許用力太過的關係，轟通一聲響，床板叫弄塌下去啦，兩人一道兒滾落到床肚底下去，小傻子不巧被床板夾住了，噯噯的尖叫著，像一隻被鼠夾夾中了腿的老鼠，那個新娘子倒安然無恙，打床尾爬出來啦。

沈兆堂夫妻倆一夜沒闔眼，一手造成這樣一幕不如人意的鬧劇，又不得不敲打洞房的房門，去搭救那個被床板夾住的傻兒子。

這時刻，外頭有人慌慌張張的跑進來，說是錢家圩糾合不少人槍，業已到了宅子外面，喊叫著，向沈家討人來了！

「討人？」沈兆堂冷哼一聲說：「討人？說的比唱的還好聽！他們怎知人是我沈某人搶來的？左手搶的？還是的右手搶的？我娶兒媳，也用得著他們鬧上門來亂嚷嚷?!」

「沈大爺，這些話，您說給我聽有啥用？他們嚷叫著不走，您得親自跟他們說才行。」

「好！」沈兆堂說：「我倒要見識見識姓錢的，看他們是不是頭上長角，——頂得慌了?!鬧事竟然鬧到沈家灘來啦！」

沈兆堂大步跨出側院，走到宅子前面，再一瞅，錢家圩糾合來的人果真不少，有的拎著匣槍，有的端著洋槍和火銃，有的執著單刀和長矛，把曠場對面的沈家祠堂都給佔啦，自己的人槍和宋皮臉那股子人槍擰合了，守住宅子，互相對峙著，雙方劍拔弩張的，只差槍口沒冒火而已。

沈兆堂站到門口時，那邊還在喊叫著：

「沈兆堂，你這沒鳥的大惡棍，快替我滾出來說話，你要是要賴不出頭，咱們就放火燒你們的祠堂了！」

「你們反了?!」沈兆堂喊說：「你沈兆堂沈大爺在這兒站著哩，有話就說，有屁就放！」

「好！姓沈的，」錢老頭兒也站出來說：「你教唆手底下人，到咱們圩裡去抬人，搶

的人，快替我放出來。」

「你要弄明白，姓沈的有家有業，從沒搶過人，」沈兆堂說：「我這是張燈結綵娶兒媳婦，不犯王法！」

「好個不犯王法的，」錢老頭兒說：「可惜你手底下的瞎了眼，搶走了我家的丫頭蘭香，她是早已有了婆家的，這場官司打到哪兒你也打不贏了。」

糟！沈兆堂心裡話：錯把丫頭當成小姐看，全怪自己眼拙。

「你聽著，沈兆堂，」錢老頭兒得理不饒人，又喊說：「幾個月裡頭，你娶兒媳婦，張燈結綵娶了兩回了，兩回都是硬搶硬逼，我問你，你究竟有幾個兒子，要娶幾房媳婦?!」

沈兆堂被他盤問得情怯心虛，但猶自嘴硬說：

「這你可管不著，我又沒搶你的閨女，用不著你出頭告狀！」

「我不告，自然有人告！」錢老頭兒說：「那個走江湖賣唱的父女倆，業已告你搶親了！你把宋皮臉那個犯案如山的股匪頭兒匿藏在宅子裡，這案子也犯啦！……你還記得奚倫夫妻倆不?你的案子犯在他們手上，上回你搶的閨女，就是奚倫的女兒！若不是傻子真傻，只怕另一剪刀，早就剪下去了！」

沈兆堂一聽，事情遠比想像的嚴重，使他沒有心腸再跟錢家圩的人拚鬥了。

「我說，姓錢的，我不願意讓我兒子娶你那個丫頭啦，你要人，我叫人把她原封不動送還，爲這點兒事，雙方響槍倒人，可犯不著呀！」

「你少打那種如意算盤啦，沈兆堂，」錢老頭兒說：「你倒會把人當成三歲孩哄啊！……你把蘭香送進洞房，跟你兒子睏了一夜，你還好賴說原封不動啊？這好，你把蘭香給敗壞啦，她婆家再也不願娶她啦，你下到我那兒的聘禮，我也轉送給蘭香爹媽啦，她配你那傻兒子，綽綽乎配得過，咱們這本賬，就算了啦！下一本賬，讓旁人跟你算吧！」

爲防錢家的人槍來襲，沈兆堂和宋皮臉把他們的人都調集在前面，誰知錢家的槍隊還沒退走，後面人聲大作，槍聲響得像連珠砲一樣，等到他們弄清是怎麼一回事，奚薛氏業已領著大隊的捕盜官兵，由沈家屋後的柴塘裡掩上來了。

宋皮臉一瞅光景不妙，打也不敢打了，吩咐人備馬，打算從側裡朝南奔竄，沈兆堂沒有辦法，只有關閉前後門，在莊院裡苦撐著，不過，也只撐持了兩個時辰，那些莊丁眼看官兵愈來愈多，就舉手扔槍，不再抗拒了。

沈兆堂被捕時，才曉得宋皮臉那夥人也沒得走掉，他們跑到老龍窩就被另一批伏兵截住，把宋皮臉五花大綁綑住了。

兩人被送進官去不久，宋皮臉就被提解到北地去正了法，——使鍘刀鍘掉了腦袋！沈兆堂僥倖沒有定死罪，判他做七年大牢。

對於這個判決，沈兆堂沒有話好說，他只求七年坐滿了出監，能抱著一個孫子，兒媳婦總是他辛辛苦苦弄來的，哪怕只是個丫頭，只要她不嫌棄小傻子太傻，少穿幾層褲子，褲帶上少打幾個死疙瘩就好了。

但是，誰肯去提詞兒呢？

新導不久的長淮，又在年年風沙裡淤塞了。但沈家灘的急流和鬼漩子沉船的傳說，以及老龍窩裡孽龍役使小鬼的故事，仍然被遠近的人們傳講著，人們說起這些古老的故事，就會順帶的說起沈兆堂這個人來，把他形容成既可惡又可笑的人物。

有人說：「那一剪刀還沒能剪開他的心竅，要不然，他怎會再逞強施暴，又得去坐七年大牢?!」

也有人帶著同情的口吻說：

「這也難怪得他，抱孫心切，倒是人之常情，只因他是個蠻不講理的粗人，才鬧出那種笑話來的，他犯的罪，用他坐牢相抵，還算是公平。」

無論如何，日子像風般的吹過去了，當我聽到這傳說的時刻，我的風箏，就搖曳在沈兆堂的墓頂上。而當初那個小傻子，也變成拖鬍子的老公公啦，可惜的是始終沒人敢當面問他，沒人在窗外提詞兒，他怎麼會?!……

當然，疑問也只能放在心裡，因爲凡是有關那種事情，都是孩子們禁說的「葷話」。

臨河渡上

在關家渡這個臨河的集鎮上，金步樓該是個敲得響的人物。說起這個人，原是在渡口扛包出身，幹過扛伕頭兒，渾身那把力氣，估量著賽過一頭牛，一兩百斤的麻包，他扛上肩膀就走，不用說臉不紅，連腰桿兒也不彎一彎！

民國二三年的辰光，關家渡是北洋軍直系的地盤，在那種亂糟糟的局面下，有金步樓這把子力氣，可真管用得很，有人跟他說：

「金步樓，你腰粗胳膊圓的，只要到縣城裏去，朝北洋軍的李團長面前一站，不用你開腔，管保他會給份糧你吃，十來斤重的洋槍，在你手裏輕得像根燈草，那可比扛包輕鬆多啦！」

「嘿！你說當兵？」金步樓說了：「我要想當兵，早在十幾年頭裏就當了。成天三操兩點的煩膩著人，三文不到二文多的薪餉，不夠老子逛趟窯子的，要我乾熬酒癮，窮賭炒豆？咱可不幹那個！」

「你它娘不當兵也好，金步樓！」船行的老賬房跟他說：「像你這種土匪長相，外加一臉麻皮，一穿上老虎皮，叉腰挺肚的，可不把老民百姓嚇死？」

「老傢伙，你不用蒜裏蒜氣的，把咱們金老大看扁了！」一個扛伕說：「金步樓不是當小兵的材料，他說過：要吃糧，總得撈個芝蔴綠豆官兒幹幹，他那一臉的麻皮，粒粒泛紅，不比朱洪武差到那兒去，他這只是在等著時運罷了！」

「你自己說說看，金步樓。」老賬房揶揄的說：「你它娘那一點配比朱洪武罷？」

金步樓可不在乎旁人揶揄他，反唇相譏說：

「旁的比不上，老子襠底下的這根鳥，總要比他長上幾寸，硬上幾分，老民百姓嚇不著，你去沿河娼館裏打聽打聽去，哪個婊子不怕我姓金的？」

也許金步樓生平最得意的就是這個，扛伕群裏全曉得他好喝、好賭、更是好嫖，站著扛包扛來的錢，衝著婊子下一跪，就它娘流水淌出去了。同行的有人替他謅出個外號叫「天牌」，也有人叫他做「叫驢」的。有人看見他蹲在草地上出野恭，形容他那東西比叫驢還長，總是拖在地上，不得不揀塊土坷垃墊著，好像寨門上架子母炮似的；這雖然不是笑話，但關家渡的人，全拿它當作笑話講。有時候，遇上草驢起駒（**即母驢春情發動**），一時找不著叫驢，人就會說：「不用著急，把金步樓找來打駒也是一樣！」

有些愛打諢的漢子，甚至會當著金步樓的面，說他是天驢星降世，可惜生不逢辰，沒遇上武則天，不能像薛敖會那樣被封成如意君。

「真的，金步樓，靠鳥吃飯，要比你扛包愜意得多了，信不信由你！」

「算啦，到如今，我跑遍沿河的娼館，還沒遇著一個兜得住的貨色，……老鷹佔不了麻雀窩，小廟抬不進丈八金剛，還有甚麼好說的？」

金步樓這可是真心話，俗說：物極必反，一點也不錯。在婊子們群裏，沒人不害怕金步樓的，他們背後叫他金大鳥，提起他就伸舌頭。有些挨千受萬的老婊子接了他，還能皺眉隱忍著，勉強捱過去；有些初經風雨的雛妓，光景可就不同了。渡口左邊有家娼寮，有個婊子叫小紅的，接金步樓進房，關起門不久，就殺豬般的尖聲嚎叫起來，那哀切呼痛的聲音，連河上的船夫全聽得到。

小紅十八九歲，鵝蛋臉，細腰身，模樣兒生得挺俏的。金步樓嚐得入味，跟小紅說，下次還要找她，小紅是被他嚇跑了的。女人究竟比不得草驢，金步樓找不著用武之地，可真是不假，無怪乎有人提起那事，他反而有些鬱鬱的感慨了。

說來也是機緣湊巧，也就在那年秋天，一股子土匪竄擾關家渡，明火執杖的佔了渡口，肆意搶劫。關家渡的鄉團原也有十來桿洋槍，由年輕力壯的關二吉領著，但土匪捲過來太突然了，鄉團有六七桿槍，在臨河樓茶館被人家窩住繳了械，關二吉帶著三桿洋槍跟土匪開了火，被對方逼退到河岸邊一條上架待烘的船上，彈盡援絕，給土匪拖出來亂刀砍死的。

在這場突如其來的變亂裏，金步樓算是走時運，土匪們乒乒乓乓打過來的當口，金步樓喝了幾盅酒，正在娼館裏跟一個肥屁股大奶子的老婊子熱乎著，槍聲使他慌了手腳，從那婊子身上爬下來，匆匆忙忙套起褲子，把上衣和鞋襪抱在手裏，奪門就朝外跑，一出娼館的門，就見河堆上奔來一夥子土匪，有的端著洋槍，有的掄著亮霍霍的單

刀，嗬嗬怪嚷著，追趕一個牽驢的，他瞅著光景不對，一縮脖子又退了回來。怎麼辦呢？看樣子只好找個地方避避風頭再講了。

娼館後面有一隻土甕，他原想躲進去，但他身子太粗壯了，塞不進去。老鴇子告訴他，屋後有隻梯子，他頂好爬到屋頂上去，土匪只顧捲劫財物，不會去搜查屋頂的；金步樓也覺得老鴇子說的不錯，就光著上身爬到屋頂上去了。

土匪大陣的朝裏湧，槍聲像炸豆似的響著。河心裏，有一條糧船起了火，船上的人搶著朝水裏跳，撲通撲通的像下鍋的餃子。有個土匪牽著三匹牲口在河堆上走，牲口背上全是箱籠和五顏六色的包裹。關家渡那一頭的街梢也起了火，有幾處屋脊蓋兒上，冒出大陣濃濃的黑煙來。

腳步雜沓的，從娼館屋後響過去，一群老弱的鎮民爲了躲避土匪的凶燄，逃到娼館後的水塘邊，一時沒有更好的地方可躲，便拎著包袱，挨著牆角根蹲著。

「老天爺，大天白日裏鬧土匪，早先我還沒經歷過。」一個老頭兒抖抖的說：「關二吉的鄉團，叫他們給盤掉啦！關家渡這塊肥肉，算是上了砧板，任他們怎麼剁就怎麼剁罷！」

「城裏不是駐著有兵嗎？」另一個說：「那個甚麼李團長，平時也大模大樣，耀武揚威的，催捐逼稅賽過閻王，縣城離這兒只有十來里地，土匪鬧到門上了，他竟然閉上眼不管？……這它娘也算得上是『官』兵？」

「嗨！你別提李世海了，他早先還不是『土』字號出身？」原先那個說：「後來北洋軍貼了招安帖子，他就憑他那窩子原班人馬，領了個番號，土匪頭子就變成了團長。他名目上是一個團，實質上是七拚八湊，手底下也只百把條洋槍，卅多匹馬，土匪不打他就算好的，他哪兒還敢擋土匪的財路？」

「算它不真的剿土匪罷，響幾槍應應景兒，阻嚇阻嚇也好，難道就這麼讓土匪把關家渡給洗空？」

「你別再瞎指望了！」老頭兒說：「你知道這股子土匪甚麼來歷？他們的頭兒獨眼牛四，早先跟李世海爭地盤，互相火拚好幾年，算是血對頭，李世海拿他沒有一點兒辦法。要想退土匪，那只有看北邊侯大爺領的聯莊會了，侯方達侯大爺，是獨眼牛四的剋星。……」

金步樓趴在茅屋的屋脊上，正聽著，忽見一大群土匪，簇擁著一個身穿橫羅褂褲，腰裏別著短槍的獨眼漢子，踹開娼館的大門，湧到院子裏來。

「呔，那老鴇子，」一個生絡腮鬍子的頭目叫喚說：「咱們的牛四爺今兒大交財運，樂開啦，選中妳這兒喝花酒，妳當心侍候著罷……先把各房各屋的姑娘，全替我叫喝出來，讓四爺他挑選挑選，咱們也好各摟一個，消消火性。」

老鴇子一見這些掄槍的凶神惡煞進門，早就嚇得暈糊糊的，忙叫出那些驚慌失色的鶯燕來。獨眼牛四一把撈住的，正是趴在屋脊上的金步樓的老相好，那個細皮白肉，肥屁股大奶子的婊子。

「呵嘿，」他伸手一把，撕去了那婊子的衣襟，使她那兩隻嫩白抖動的大奶子，直迸出來：「我的兒，這它娘活像是鮮葫蘆，穰子裏頭帶水的！」

跟著獨眼牛四的那一夥子，一見頭兒選定了姑娘，便也強行拉拽，有的挑肥，有的揀瘦，一付餓虎饞狼的模樣。獨眼牛四吩咐就在院子裏擺席，粗人粗吃法，有酒有肉就成。下面吃著花酒，猜拳行令鬧嚷嚷的，屋脊上的金步樓卻趴在那兒乾耗著，又餓又怕，兩腿軟軟的，渾身直冒虛汗，儘管不舒坦，可也不敢動彈。

土匪們鬧著酒，大罈的原泡酒從外頭抬進來，打開罈口，那股濃郁的酒香味兒，連屋上的金步樓也嗅得著。酒喝到興頭上，獨眼牛四吩咐人把洗劫來的箱籠抬進來，打開亮寶，滿院子全是衣物和叮噹響的銀洋。

獨眼牛四歪起嘴，摟抱著大奶子婊子說：

「我得進屋去，跟這個肉罈子結結緣去！你們馬虎點兒，隨意出溜出溜罷，完了事，咱們就拉合子（**拉合子，意即退走**）了！」

牛四一進屋，外頭立時鬨亂不堪，那些土匪平時鑽瓦窯，宿土洞，彆得久了，摟著這些水花白淨，香噴噴的婊子，哪還顧得甚麼繁文褥節？土匪多，姑娘少，真是婊子遇強盜，一場好熱鬧。金步樓一向雅好此道，把兩眼全看直了，一刹時，竟忘記自己是趴伏在屋頂上躲賊的啦！

正當不可開交的當口，忽然北邊鎮外響起嗚嘟嗚嘟的牛角聲，接著是一片捲地而來的殺喊；很顯然的，是外間起了甚麼變故了！那個滿臉生著絡腮鬍子的傢伙最是機伶，急忙拔出短槍說：

「也許是侯方達的聯莊會撲過來了！你們再不完事，只怕等歇連褲子全來不及穿，……那矮腿老八，你先去打聽打聽去！」

矮腿老八還沒下陣，一排匣槍的槍煙已經在他們頭頂上炸裂開來了。金步樓看見百十來個赤著腳的聯莊會上的莊丁，撒網似的踩荒奔湧上來，纓槍和鐵矛的尖刺，在太陽下發出奪目光彩。有一些掄著刀的莊漢，業已截住河堆，跟土匪對上了陣，雙方的洋槍和匣槍都張了嘴，鬧嘈嘈的響成一片。

這些土字號的爺們，究竟是一群烏合之眾，經不得硬仗，一瞅光景不對頭，撿起錢財，拔腿就跑，連他們的頭兒獨眼牛四也不顧了。

獨眼牛四喝得七八分醉，大奶子的婊子使他嚐著了溫柔鄉的真滋味，一時沒顧著外頭有變故。及至發現外頭起了慌亂，偏偏到了那種騎虎難下的節骨眼兒上，需得閉上眼

享受，這當口，機緣湊巧的事兒就鬧出來了。

原來金步樓所趴的屋脊正下面，就是獨眼牛四在婊子身上銷魂的地方。金步樓那種身段骨架，賽過一隻大碼的肥豬，娼館的茅屋很簡陋，原就有些招架不住他，金步樓若只老老實實的趴著不動，那些細木的桁條還不會怎樣，誰知金步樓看著土匪退走了，就想下來，剛剛坐起身子，屁股底下喀喇一聲響，茅屋的脊頂陷了個洞，他就從洞裏漏了下去，不偏不斜的，恰好騎在精赤條的獨眼牛四的脊梁蓋兒上，大奶子婊子挺了幾挺，金步樓倒是給了獨眼牛四幾拳，誰知那個一向凶悍的土匪頭兒這回挺服貼，手也沒還，就趴在那兒不再動彈了！……天曉得他是怎麼死的？——酒後行房受了驚，脫陽死的人，在金步樓嘴裏變了樣兒，土匪退後，誰不知道金步樓是個精通武術的好漢子！他三拳打死獨眼牛四，比得上水滸傳裏的魯智深三拳打死鎮關西。

俗說：人的名兒，樹的影兒，金步樓就如此這般的得著造化，在關家渡闖出道兒來了。

也不知是誰替他拿的主意，以鐵鉢般的拳頭聞了名的金步樓，居然辭掉扛伕的差事，在關家渡開設了傳授拳腳的武館。這並不稀奇，更稀奇的是居然有好些游手好閒的二半吊子，投館拜師，隨著他學習武藝。

假如硬指這位金大麻子壓根兒不通拳腳，那也未免太不留餘地了。講起拳術來，他也會黑虎偷心和天王托塔，論起腿功，他也會連環腿和掃堂腿，——至少當初他看旁人練過，他是照著葫蘆畫瓢，比劃出來，有那麼一點兒意思。俗語說是拳不敵力，別瞧金步樓那套皮毛拳腳不怎樣，三分拳腳配上他七分蠻力，跟他那些徒弟比劃起來，還是他行，故此，有人叫他金師傅，他也就安然受之，毫無愧色了。

這位天牌要是安份守己教拳混飯吃，那倒沒話好說，日子一好過點兒，他那老毛病可就變本加厲的大發作起來了！關家渡有兩個酒坊，他是老顧客，一三五七九，逢單他喝張家的酒，二四六八十，逢雙他喝李家的酒，白喝也並非白喝，有錢沒錢不管，他總是掛賬；喝了酒，搖搖晃晃進賭場，輸了欠著，贏了拿現的，要有誰搖頭瞪眼，他就勒起拳頭在誰的鼻尖上搖晃。

「怎麼樣？想找我金步樓的碴兒？——你先自量量力，你比不比得獨眼牛四？」就憑這個，不由對方不低頭，夾著尾巴開溜。久而久之，他竟忘記掉獨眼牛四是怎麼死的？一廂情願的以為真是他三拳之功啦！……當然，除了那種癩皮賭，他對「色」字仍是毫不放鬆的，進娼館嚇得群鶯亂飛，他拎雞似的揀著拎人，出溜完了照樣掛賬。

關家渡自打死了關二吉，餘下的老弱全變乖了，遇著這塊天牌，當面不敢頂撞，只有在背後偷偷議論的份兒，有人困惑的說：

「天牌越來越不像話了，想當年在河口扛包，他行事還不出格兒，如今興波作浪的，訛吃訛喝，變成了橫行的螃蟹，誰還能約束住他呢？」

「金大鳥這個騷貨，見了年輕娘們，斜眼扭鼻，口水咧咧的那付德性，真令人作嘔，常這麼下去，那？正經婦道全不敢上街了。」

「誰能把他怎樣呢？他不偷不搶，不是土匪強盜，充其量你說他粗鹵下流罷了！」老賬房說：「不過，他要是再遇上得意事兒，日後總會變成一條大毒蟲的，不信你們就瞧著好了！」

也許老賬房的話，還是說得太早了一點，金步樓雖粗，卻是粗而不傻，他曉得自己沒槍沒馬，根基不固，眼下還沒混出大氣候，也明白關家渡是個大族系，跟北地侯家老莊的侯方達他們，都是老親世誼，他一時還沒有這個力量開罪他們。所以，他只佔些小便宜，並不端關家的老根；憑他打死土匪頭兒牛四這筆功勞，不願惹閒事的關家一族人，當然不至於趕盡殺絕攆他滾蛋！——在這點上，他算是料透了。

河渡上沿堆的橫街西盡頭，有處很熱鬧的茶館，每到夜晚，金步樓就會像一隻縮頸的蛤蟆似的，蹲在那兒聽說書，或是聽賣唱的姑娘唱小曲子，他手底下的那些蝦兵蟹將，也都在左右留連著。

金步樓坐茶樓，並不是專爲喝茶聽書，一來因爲茶館裏人頭多，各方各面，三教九流的人都有；他既有混世闖道的心，耳目就不能不放靈通些兒，在這兒，容易打聽著各方的消息。再者是他迷上那些小曲兒和賣唱的姑娘，心眼兒裏帶了一把鉤子，總想在色字上頭佔些便宜。

便宜沒佔著，卻有幾宗他不願意聽著的事兒，使金步樓煩惱不堪。他三拳打死獨眼牛四的謊話，雖使他有了點兒聲名，想不到卻惹火了獨眼牛四手下那幫子人，揚言要擺平金大麻子，替牛四報仇。金步樓明白自己的份量，假如土匪要幹掉他，他是防不勝防的，關家渡人來人往，土匪頭上又沒寫字貼帖兒，背後打黑槍，誰能料得準他們揀著甚麼時辰下手？

其次是侯家老莊侯方達家裏的護宅師傅趙金牛，聽說金步樓在關家渡設館授徒，便當眾嘲笑說：

「那匹黑叫驢也配做武師？鳥棒子能當花槍耍嗎？哪天我自己倒要上門，掂掂他有幾斤幾兩！」

這話經過輾轉相傳，還是由金步樓的小徒弟鄭弟告訴他的。他沒見過趙金牛，但卻聽很多人傳講過他的功夫，說他的氣功練到那種程度——能把一根腰帶抖直了，戳穿一塊石頭。他做夢也沒想到趙金牛找到他的頭上，假如自己真跟對方比劃起來，不用說，自己定會當場現相，砸了攤子，混不成了！

趙金牛真它娘豈有此理，我金步樓在關家渡混世，跟你井水不犯河水，你何苦要掀

我的尾巴根兒，存心讓我難看？……儘管心裏懊惱著，懼怕著，金步樓可是不願意在嘴頭上認輸的。他召聚王五、小七痳子、鄭弟……一干子徒弟，跟他們說：

「這它娘正是蹚渾水的年頭，誰想獨霸一方，弄出個小局面，誰就得要有一份狠勁，人說：量小非君子，無毒不丈夫，咱們既然闖了，那就益發闖得大一點兒，你們跟我到李世海李團長那兒當差吃糧去！」

說是這麼說了，金步樓並沒有真的帶著那些蝦兵蟹將到縣城裏去，道理很明顯，他跟李世海毫無瓜葛，幾個赤手空拳的人，能不能掙到一份有名目的差事？連他自己也沒有把握。

也許金步樓走了狗頭運，一天他帶著徒弟在河堆上練拳踢腳，遇上兩個驢駝販子，趕著七八匹馱了糧的驢子來關家渡趕集。他一眼就看出其中的一個，正是獨眼牛四那幫土匪裏的小頭目——曾在娼館屋頂上見過的那個絡腮鬍子，他不動聲色，悄悄的把這話跟徒弟們說了。

「無論如何，咱們得捉住這兩個傢伙，把他們捆送到城裏去，向李世海報功，……驢和糧，不用說咱們先留下來了！」他說：「咱們三五個對付他們一個，出其不意的動手，這兩個傢伙決計跑不掉的！」

他們在河堆上動的手，果然把兩個土匪給逮住了，不但落了驢和糧，還有兩件他沒想得到的好禮物，──兩支帶烤藍的新匣槍。那兩個土匪把匣槍藏在褲袋裏，沒來得及掏出來，人被捆住之後，金步樓搜身才把匣槍搜了出來，每槍還帶有幾十發槍火。

把土匪朝縣城裏一送，李世海可樂昏了，立刻委了金步樓的差事──馬班的班長。著令金步樓仍駐關家渡，就地設卡子，替李團長收稅。這一傢伙，金步樓有了旗號，就從武館的金師傅，搖身一變，成了北洋軍馬班的金班長啦！不過，金步樓這個班，只有兩支匣槍，七八匹驢子，名為馬班，實在只能算是「驢」班，因為他連半匹馬也沒有，天底下既沒有驢班的名目，只好叫馬班湊合湊合了。

「它娘的，黑叫驢竟然當了班長。」關家渡的人在私底竊竊議論說：「他為虎作倀幫了李世海，你們瞧著罷，包管比它娘土匪還要麻纏得多！」

「該他交狗運，咱們有啥辦法？只好暫時隱忍著。他要是逼人逼過了火，儿邊侯老大的聯莊會自會修理他的，──兩支匣槍，諒他也蹦不了多高，不過仗著李世海的勢力替他撐腰罷了！」

金步樓何嘗不明白這個，正因為這兒是北洋軍的地面，他既打上了官字旗號，就算得了天上的王大，地上的王二了。

接了班長沒幾天，他就挨家逐戶的叫人去收稅，人要人頭稅，狗要狗頭稅，豬頭羊頭雞頭鴨頭都有稅，過往的船隻要納行船稅，走旱路的商客要納過路稅。這些稅款雖要

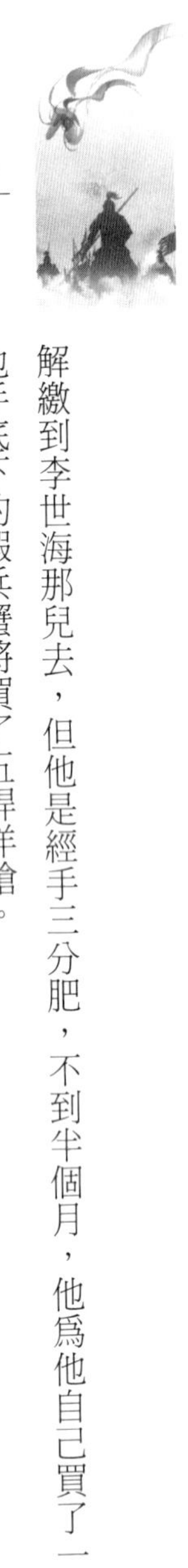

解繳到李世海那兒去，但他是經手三分肥，不到半個月，他爲他自己買了一匹馬，又替他手底下的蝦兵蟹將買了五桿洋槍。

除此之外，他把娼館裏那個大奶子的婊子給包了。

「怎麼樣？」他跟他的徒弟——也是他那些騎驢的馬兵說：「這它娘好比是順風行船，快當得很！」

「還是師傅——不，還是班長您行！」王五呵奉的說：「咱們得熱熱鬧鬧的慶賀您當了官——班長不大，好歹也是個長字輩的人物呀！」

「不錯！」小七麻子說：「找個唱野臺子戲的班子，唱它幾天的戲罷……要鎮上人湊份子，花不著咱們半個子兒！」

「好！」金步樓點頭說：「唱它娘三天的葷戲，我看戲，不葷不過癮！」

戲班子是王五和小七麻子兩個傢伙守在路上硬攔來的，講定七斗麥子一天，由班主到關家祠堂去取錢，關家族裏雖然不情願，也捏著鼻子答允了。

鄉鎮上的風俗，唱野臺子戲不是求神還願，就是賀年賀節，不年不節唱三天的戲，這是發騷發狂。不過，王五硬說金步樓當官該慶賀，大夥兒不願得罪金大麻子，有話也都嚥下去了。

戲班子是在晚上開鑼，欲圓沒圓的月亮初出頭，河堆上搭臺子，地勢開曠，又很風涼。戲目是金步樓自己挑選的，鎭上人事先並不知道演的是甚麼戲？他們也曾議論過，認爲既然挨家出了戲份子錢，不看白不看，便宜了金大麻子，對自己也沒好處；鄉下人十有八九都很吝嗇，花一文冤錢出去，會疼惜得三天睡不著覺，何況那些男女老幼，全是愛看戲的。

對於金步樓來說，人越多，場面越大，他姓金的越有面子，戲總是爲慶賀他當了官才唱的。月光底下開野戲，熱鬧的鑼鼓聲把遠近的人全給引的來了，金步樓坐在臺子前面一把靠背椅上，挺著鼓隆隆的大肚皮，齜起門牙，瞇起兩眼，恍惚自己這個馬班班長，真是關家渡這一帶地方高高在上的人物頭子了。

這個戲班子也找得好，班主筱麗紅是名滿四鄉八鎭的紅旦角，遠不是那些寒傖兮兮的草雞毛的戲班子所可比擬的。筱麗紅的戲，不但在四鄉使人著迷，她更能唱進縣城的海京大戲園子裏頭去，和正正式式的大戲（即平劇）分庭抗禮。當然，場子上滿坑滿谷的人群，多半是它娘衝著筱麗紅來的，管那麼多！只要場面大，順便替姓金的充充臉面，也就罷了……筱麗紅昨天捧著戲目本兒，來要金步樓點戲，金步樓臉上每粒麻窩子全笑得紅紅的，倒拿著本兒端詳半天，字不識他，他不識字，只說：

「妳報給我聽聽，嘿嘿，我只愛看葷戲，越葷越好！好歹圖它一個過癮就得了！」

年輕的女戲子，臉窘得像它娘桃花開，紅豔豔的，真是名符其實的麗紅。敢情她是

名角，不願意演唱那種葷戲，支支吾吾的扯了一堆，又是葷戲多半演給社公看啦，又是亂演犯忌諱啦，最後說：

「金大爺，我想這麼著罷，比著平劇的大戲碼兒，咱們就奉承您幾臺略略沾葷的如何？……像打麵缸啦，馬寡婦開店啦……」

「那多沒味道。」金步樓說了：「妳還是來個陳妙常偷香，桃花庵，肉蒲團甚麼的罷！」

人它娘真是賤皮子，金步樓自打那回趴在屋脊上，眼見那群土匪在娼館的院子裏演出那種撩人心火的春戲之後，滿心全是蔥、韭、蒜的味道。筱麗紅即使不願意在臺子上賣弄色相，可也不敢開罪這位新上任的班長，戲目還是按著金步樓的意思貼出來了。

到了上戲的時刻，場子前面黑鴉鴉的，一片滾動的人頭。賣零食的擔著擔子，在場邊叫賣著，擔頭上搖搖晃晃的燈籠，照亂了人的影子；空氣裏流盪起一股蒸鬱人的熱風，混和著脂粉味、煙草味，汗酸味；娃子們喊爹叫媽的，在人襠下亂爬亂竄；一些年輕的姑娘們，手牽著手，拉得緊緊的結成脂粉陣，怕被人給擠散了。

假如唱的是忠義節烈的正經戲，那還好些兒，臺子上一演起桃花庵來，好些邪皮漢子可就捺不住火，調戲起那些閨女來了。

不用說，金步樓手下的那些蝦兵蟹將，最是色膽包天，藉著人擠人的當口，偷偷的上下其手佔便宜不說，還要在嘴頭兒上油腔滑調的窮吃豆腐；王五和小七麻子兩個，拖住一個擠落了單的閨女，拉拉扯扯的夾纏著，小七麻子對那閨女說：

「大姑娘家的，也敢來看桃花庵？看了桃花庵，妳動心不動心？」

「廢話！」王五搭上腔說：「尼姑都會動心，她還有不動心的？……怎麼樣？咱們也去演一臺葷戲去！」

「死不要臉的，你們少沒廉恥！」閨女掙扎著。

「不要假正經了，」小七麻子說：「十個女的九個肯，只怕男的嘴不穩。」

「這妳大可放心，」王五說：「咱們的嘴可穩得很……」他說著伸出手去，也許捏著了甚麼不該捏的地方，被侮辱的閨女恨極了，喀嚓一口咬在王五的手背上，王五護痛，反摑了她一巴掌，閨女便尖聲的喊叫起來。

金步樓正在桃花庵那臺戲裏神遊著，等到事情驚動了他，那邊業已鬧到不可開交的程度啦！架究竟是怎麼打起來的，他也摸不著頭腦。他撥開人群去看時，就只看見一個穿黑褂子的後生小子，一個人獨鬥著他三四個徒弟，小七麻子和鄭弟敢情是挨了幾傢伙重的，趴在地上哼著，那後生一腳踩在王五的胸脯上，罵說：

「雜種狗操的，你們仗的是哪個潑皮的勢？有了幾根燒火棒子，就它娘的夯起螃蟹來了？」

「好小子，」金步樓臉上掛不住了，手捺著匣槍把子搶過來罵說：「你它娘連金大爺的馬班也不買賬了？你的腦殼想透透風怎的？」

「喝！」黑衣後生一手叉著腰，一手指著金步樓說：「你以爲你這一身新穿起來的老虎皮就能嚇得著人？你不是在河口扛包的金大麻子嗎？你以爲你腦袋硬得像根鳥棒子，我就認不出你？」

金步樓麻皮也有麻臉面，順手就摘出匣槍來，嚷叫著說：「你既然認得就好，我能打死獨眼牛四，照樣也宰得了你！」

戲臺子上頭，照樣演唱著葷戲，但底下這場鐵公雞，也引來不少看熱鬧的；他們起先瞧著王五和小七麻子調戲人家閨女，被半路殺出的黑衫後生打得水流花落，正在心底下暗呼過癮，誰知金步樓趕了過來，一見面就摘出匣槍，擺出豁命的架勢來了！看熱鬧要擔上賠命的風險，這可不是鬧著玩的，金步樓一拔槍，眾人發出一聲驚呼，拔腿就跑。

黑衣後生冷冷的望著金步樓，用腳尖踢踢王五說：

「替你撐腰的金大爺亮了傢伙，你就爬到一邊去罷，免得在這兒礙事絆腳！這兒業已沒有你的事了！」說著，又朝金步樓瞟了一眼說：「你不是摘出槍了麼？有種你朝這兒打！」他指著胸脯說：「姓侯的一點兒也不含糊，躺下也不會賴你一口棺材！」

金步樓原已發狠要放倒這個後生的，一聽說他姓侯，槍口就猶猶疑疑的不敢抬了。侯家老莊在此地是最野悍的一座村子，侯方達獨力拉起聯莊會，勢力蔓延幾十里地面，變成北洋駐軍李團長肉裏的倒刺，釘著又痛，拔又拔不掉它。自己如今剛剛混出頭，極不願開罪姓侯的，先前歪打正著弄倒了獨眼牛四，業已使人憂心忡忡，生恐土匪來打黑槍，……不過，遇著這種騎虎難下的局面，儘管不取他的性命，朝天放一響空槍，把這小子嚇跑也好，要不然，自己豈不是塌臺丟臉？

匣槍在手裏掂了一掂，還沒來得及放呢，對方飛出一腳，正踢在金步樓的手腕子上，手腕子一麻，匣槍被踢飛了。匣槍一鬆手，英雄變成狗，金步樓那股子神氣勁兒一傢伙卸了下去，轉臉想去拾槍，對方卻搶過去，伸手刁住了金步樓的腕子。

「你？你！你這是幹什麼？」

「這叫張飛賣肉！」對方說：「你起來！」

後生這麼一說，金步樓一聲哎喲還沒叫得出口，兩腳已離了地，在人家頭上倒划著了。

「你下去！」對方又說。

金步樓渾身肥肉，照理說，不該怕摔跤，不過這一跤沒摔得好，腦袋朝下，硬碰硬敲在地面上，兩耳嗡嗡響，暈得像喝了兩壺原泡老酒。……對方究竟是怎樣走了的，金

步樓不曉得，只知道醒來後脖頸痛得厲害，戲臺上那個不識相的年輕戲子，還在那兒幸災樂禍似的，咧開嘴笑著，而咚咚噹噹的鼓鑼，也它娘在一邊窮湊熱鬧。金步樓摸摸腦袋，還好沒有破，只腫起一塊燒餅大的疙瘩。

「好罷，姓侯的，咱們總有一天要算清這本賬的！」他咬著牙說。

「對！」王五說：「若說替咱們出氣，全得看您的了。那穿黑褂子的後生，您曉得是誰？——他就是侯方達的親侄兒，跟他家的護宅師傅趙金牛練武，咱們得罪不起他呀！」

「那小子叫甚麼名兒？」金步樓護痛，嘶呀嘶呀的朝裏吸著氣說；「我是因爲人多地方窄，伸展不開，一時遭了他的暗算了！」

「甚麼名字，咱們也不清楚，」小七麻子過來說：「不過您請放心，咱們早晚總會打聽出來的。」

其實那兩個也只是嘴頭上說說，吃虧已經認了。

馬班班長剛上任，就它娘一個筋斗栽在姓侯的後生小子手上，金步樓心裏那種惱恨不用談了！那天晚上和那小子動手，也怪自己太大意了一點，對方很刁滑，手腳快而伶俐，一花眼的功夫，自己連串手都沒來得及出手，就被他給摺倒了；窩囊，可不是？……金步樓始終相信：假如換成白天，臉對臉的過招兒，旁的不說，單憑自己這副塊頭和這身牛力氣，硬壓也會把對方壓倒，正因輸得不甘心，心裏那股子火就燒得更旺了！

要想對付姓侯的，憑自己手底下這點兒實力，那還差得太遠，必得想法子，把李世海牽下水去不可。為了計算這事，他先請了關家渡街上的算命瞎子老湯，替自己卜算過。

老湯跟他說：「不錯，金班長，您臉上的痲子生得很好，粒粒都是財窩，您靠了它混起家，在關家渡真算是一張天牌了！不過，您要曉得一句俗話，那就是：天牌獨怕猴王對！這姓侯的，您可千萬惹他不得，惹了必輸！」

「哦，」金步樓倒抽一口冷氣，但仍不甘的追問說：「那何以見得呢？」

「道理不是很明白嗎？」湯瞎子說：「侯，跟猴同音，這侯家叔侄倆，一個是大猴，一個是小猴，正好配成猴王對兒，吃定了你這天牌。」

金步樓搖著頭，猶猶疑疑的不願相信說：「就算輸罷，又能輸成怎樣？難道還會把我這條命給賠上？」

「那倒不至於。」湯瞎子說：「輸到最後，你曉得會怎樣？……那也許連褲子全當掉，光著屁股滾蛋的！抱歉，我不該這樣對您說話，我只是勸您不用再打姓侯的主意。」

「嘿嘿，」金步樓迸出嚎笑來：「你真是瞎人說瞎話，老湯，我這個人，是專愛看人家演葷戲的，哪有脫掉褲子，演葷戲給旁人看的道理？實跟你說了罷，姓侯的，我算是找定了！」

「行！」湯瞎子說：「話，我先說在這兒，——日後你就是混脫了褲子，旁人看您笑話可以，我這瞎子也看您不著，只盼您記住我的話就好了！」

「我它娘好好的怎會脫褲子？」金步樓說：「除非他侯家招我做女婿，……臨到那辰光，我會請你老湯來喝盅喜酒呢！」

拖出李世海來對付侯家老莊的歪主意，是金步樓挖空心思想出來的。他把他從關家渡壓榨來的稅款解繳到縣城去，半路上暗囑小七麻子把稅款揹回去，自己卻進縣城求見李世海，謊報稅款在中途被侯家老莊的人奪走了。

「團長，您不曉得侯方達有多猖狂，」他加油添醋的說：「他們不斷的添槍購火，擴充實力，揚言要把您這一團人困在縣城裏，不准下鄉，這些年，侯家地盤裏，全不納北洋軍的稅，該是事實罷？」

「……這！這太可惡了！」李世海是個把錢當成命的傢伙，一聽說稅款被奪，七竅噴煙，罵說：「侯方達好沒道理，哪算是混世的光棍，你不納咱們的稅，咱們已讓步了，還要把關家渡已納的稅給強奪回去，擋人財路，哪有這樣擋法的？我這就差人過去向他討去！」

「您想想，他會承認嗎？」金步樓說：「您真有一份忍勁，事情鬧到這種地步了，依屬下的意思，頂好給他個下馬威，要不然，有一必有二，還有下一回！……您曉得金步樓不是怯懦怕事的人，早些時，赤手空拳，我也摔倒過獨眼牛四，假如不是侯方達的勢力太大，這宗事就無需煩您的神了。」

「你是要我動武？」李世海說。

「是啊！」金步樓說：「假如您願意吃下這個悶虧，日後麻煩可大得很，……誰不願意省捐省稅？只怕消息一傳揚，各鄉各鎮都拉槍歸到侯方達那邊去，他們會說：李某人吃硬不吃軟，硬起來，他並沒辦法……。」

「好了好了，你別說了！」李世海橫下心來說：「我要親自帶隊伍下去，把侯家老莊給搗掉，要是任他坐大，我連飯全沒有吃的了。」

金步樓這帖激將法的膏藥真靈，又恰恰貼在李世海的癢處。他回到關家渡沒幾天，李世海就帶著百十來桿洋槍，駐進了關家渡。

金大麻子吞掉那筆稅款，就怕李世海和侯方達兩方面先文後武，談了再打，因爲那樣一來，他的栽誣落了空，李世海追究到自己頭上來，便會弄巧反拙。要想讓李世海一逕跟聯莊會開火，只有先把李世海用酒色圍住，暗地裏差王五和小七麻子他們，去打侯

方達的黑槍，成與不成暫且不管它，至少會挑起聯莊會的火來，讓他們先找李世海，這樣，不怕李世海不陷進去。

侯家老莊離關家渡不過十來里路，中間隔著兩道黑松林子，一片一里多路方圓的亂葬崗子。金步樓打聽出侯方達愛養鳥，幾乎每天大五更，他都會拎著鳥籠子，到野墳頭上去放溜，要打他黑槍，這是個極好的機會，只要王五和小七痲子他們沉得住氣就成。

打黑槍的人手，業已差了出去。在夜晚，李世海由金步樓伺候著，正坐在河口附近的茶館裏，聽一個姓佘的姑娘唱小曲兒呢。

比起縣城來，關家渡是個寒傖得不打眼的小地方，茶館就成了李世海臨時的團部。李世海這個人，是根出了名的老煙槍，出門到哪兒，頭一宗事就是打煙舖，先躺下身來燒它三五個煙炮，把精氣神提足了才兼及其它——無外乎是飲食男女那一套人之大欲。

姓佘的姑娘十八九歲年紀，銀盤似的一張臉帶著些紅馥馥的羞紅，尖尖的素手會打響板兒，又會彈琴，這在李世海的眼裏，處處透著新鮮，何況她那尖怯怯的會拐彎兒的歌喉，一開始就把這位團長大人給纏繞住了。

「好！這個姐兒不但長得俏，唱得也好！」他拍手打掌的盪出一串哈哈來說：「等我整垮了姓侯的，我可要花些錢，包了她，成天聽她唱曲兒呢！」

「算您有眼力！」金步樓呵奉說：「在這一帶地方，聽說除了小金牙，就數她最紅了，——可惜小金牙目前不在這兒。」

「你是說：小金牙長得比她還好？」

「那倒不見得。」金步樓說：「我也是聽人傳說，小金牙較她大幾歲，閱歷多，人也比較風騷些，——她是唱葷曲兒唱出了名的，十八摸是她最拿手的曲兒，唱得人心裏癢癢蠕蠕，像蟲爬似的難受。」

「那妞兒！」李世海對姓佘的姑娘說：「不用怕羞，妳也照葫蘆畫瓢，來它一段十八摸給咱們聽聽罷！」

聽唱聽到深夜裏，也許那淫靡的唱詞點著了李世海一心的慾火，他扯著那姑娘進房去了。金步樓離開茶館，心裏不放心，騎著他那匹驢大的小川馬，帶著另外兩個徒弟，去黑松林子接應先差出去的小七麻子和王五。

星月無光的夜晚，不打燈籠摸黑，四五里路抵得二十里走，足足摸了一個多更次，才摸進頭道林子，摸著叫喚了一陣，壓根兒沒找著小七麻子和王五兩個；說著說著，天就到了五更頭啦！

「這兩個成事不足，敗事有餘的傢伙！」金步樓罵說：「怎麼不見影兒了呢？」

「也許他們栽在哪條草溝裏埋伏著去了，」一個騎驢的馬兵說：「管它呢，咱們只要理平槍口，瞄著那邊的墳塋攤子就成！……姓侯的也該快來了。」

「只好這麼辦了！」金步樓說。

他掂著二膛匣槍，蹲在一棵樹幹背後，悶不吭聲的等待著。天亮前這陣子黑暗真夠濃，不見天，不見地，人會覺得大睜兩眼全是多餘的。

漸漸地，東邊泛起一絲魚肚白，模模糊糊的黑影在金步樓的眼前顯露出來；那邊正是一片廣大的亂墳塚，近處清晰，遠處朦朧，溫溫濕濕的地氣，奶白奶白的，像霧一般的橫浮在墳頂上面。

這樣剛等了一袋煙的工夫，侯方達沒見著，但隔著那種霧雰，卻聽見了一串百靈鳥的叫聲。不用說，侯方達業已到荒墳頭上溜鳥來了。倒霉的地氣遮住人眼，使人見不著他的影子，金步樓急得搔搔頭皮，轉臉吩咐說道：

「跟我來，貼近了再開槍！」

「您可得當心點兒，」一個馬兵緊張的說：「侯方達不但會武術，他的匣槍聽說也有十成十的準頭。早年他單身闖進土匪窩，被土匪十來桿槍圍住了，他邊逃邊開槍，背著臉，聽身後的腳步聲反手伸槍，一樣射中，……太貼近了，也許吃虧的會是咱們！」

「笑話！」金步樓溜出林子，匿在一座墳頭背後說：「咱們有心，對方無意，一梭火認準他潑出去，他哪還有還手的餘地？」

百靈鳥的叫聲越來越清楚，估量著侯方達就該在不遠的地方了，金步樓繞著亂墳塚爬了一陣子，正打算在墳頂子後面探出頭窺看，剛一伸頭，就聽見必溜必溜兩槍平平的打過來，其中一槍正打中土墳頂子，墳頂子碎落下來，濺得他一臉全是碎土。——王五跟小七痲子開槍了！

侯方達他人在哪兒呢？

儘管覺得那幾個徒弟有些毛躁的慌，但這不是抱怨的時候，他們既然開了槍，這邊也開槍罷！金步樓橫掂著匣槍，乒乒五四的就打出一梭子火，人打沒打著？不曉得，但卻驚起許多鳥雀，拍翅飛過頭頂。

「瞧，那不是侯方達？」馬兵眼尖，指著叫說。

金步樓這回真的看見了：那裏一條頎長清瘦的人影子，身穿著青布長大褂兒，手裏托著個鳥籠，從這座墳頭跳到那座墳頭，忽然之間隱沒了！使他潑出去的第二梭火，全部打空。

他剛低頭抽換彈夾，那影子又飛將出來，三蹦兩跳，遁到更遠的墳後去了！

「追呀！」金步樓大聲一嚷，林子後頭的蝦兵蟹將全露了頭，仗著人多勢眾，壯著膽子追出去，在荒墳堆裏再找，哪還有侯方達的影子？

「這傢伙太機伶了，咱們全沒打著他！」王五說。

「不要緊。」金步樓說：「咱們這只是燒它一把野火，侯方達脾性暴烈，怕他不去

找李世海？聯莊會只是人多，論槍枝實力，根本比不上李團，雙方開起火來，準是姓侯的吃大虧！……。」

金步樓這回可是算錯了賬。

聯莊會螺角吹得嘟嘟響，找著李世海來的不錯，李世海一發火，帶著人衝出關家渡，聯莊會就退走了。李四海經不起撩撥，領著他手下的百十桿槍直追下去，追到亂葬墳附近，埋伏著的刀會亮刀反裹上來，把李世海的那股北洋軍困在頭道林子裏，一天三次猛撲，打得北洋軍破財受窘，——子彈大都報銷光了。

侯方達也真怪的慌，當勝不勝，把他的刀會和槍隊全撤進莊子裏去了。所以這一火，表面上還是李團贏了，不過略微有些缺憾的是李團長本人掛了點兒小彩，雖說子彈只擦掉他的鼻尖一塊皮，究竟是損了顏面。

這位一向驕橫的李團長槍火不足，因而也就缺了搗破侯家老莊的後勁，他收拾起一舉剿滅聯莊會的念頭，吹起洋號，窩窩囊囊的奏凱回縣城去了。臨走時，把一肚皮火氣發洩在金步樓的頭上，金步樓腰上挨了兩馬鞭，屁股上吃了一皮靴，但他安然受之，——至少這一撥的稅錢，他是吞下來了！

說是姓侯的難纏嗎？那倒未必！一計沒整倒侯方達，他又想出了新的主意來了！……李世海走後沒幾天，賣唱的小金牙到了關家渡。金步樓接著徒弟的密報，說是小金牙名是賣唱的娘們，實在是個大盤的槍火販子，她跟侯方達有勾結，但凡是聯莊會所用的槍枝槍火，全都是小金牙在各處張羅來賣給此地那些莊戶的。金步樓當然不肯放過這個機會，他認爲假如實有其事的話，那麼，小金牙在他侯方達的心裏，一定有些份量，自己只要把小金牙窩住，著人放出風聲，說是要押解進城，侯方達一定會來搭救她；利用小金牙做餌，誘對方上鉤，只要能逮住侯方達，還怕李世海不升自己的官？

小金牙住在河口的三合順客棧，金步樓別著匣槍，到那兒就把她給找著了。兩人原先就認識，不過沒有特別一點兒的交情；她見著金步樓戴上硬帽，披了虎皮，便帶著些肉感的親暱叫說：

「嘖嘖，扛包扛出個官兒來啦？金大爺，您是官星罩頂，該請客啦！」

「請客是賴不掉的。」金步樓一屁股歪坐在床沿上說：「但得請妳幫忙，我想問妳一樁事兒。」

「說罷，」小金牙倒是落落大方：「只要我曉得，沒有不告訴您的。」她邊說著，邊挨身坐在金步樓旁邊，那股子脂粉幽香，弄得金步樓有些心猿難禁，意馬難收。

他態度緩和下來，伸手搭在小金牙柔滑圓潤的肩膀上說：

「講真箇兒的，小金牙，妳純是賣唱呀？還夾些兒旁的行當撈錢？」

小金牙斜睨他一眼，媚進人骨頭裏：

「金大爺，您真會開玩笑，我這種飄蕩江湖的女人，只要有賺錢比賣唱還容易的行當，您想我幹是不幹？……皮又不破，肉又不綻，提起褲子就吃飯，——疤麻癩醜，我是向不挑揀的。」

「不嫌我這麻臉？」

「甚麼話，人說：十麻九風騷，像你這樣本錢足的男人，正對我的胃口。」

乖乖，到底是走江湖的女人，聽她說的比唱的還甜！金步樓簡直有點暈頭轉向，分不出東南西北了。他嚥了一口吐沫，強自鎮定的，且把風花雪月放在後邊，問起正題來說：

「小金牙，我跟妳說真的，有人告訴我，妳販賣槍枝槍火，常跟侯方達打交道，可是真的？」

「不錯。」小金牙答得出乎意外的爽快：「這有甚麼好瞞人的？侯方達出錢買，我賣。您金大爺要是肯出價錢，您要甚麼槍，有甚麼槍；要甚麼火，就有甚麼火。做起生意來，只問有沒有錢賺，我更是不論人的了！……怎麼？你倒吃起醋來了？金大爺，我跟侯方達做的是床下的交易，又不是床上的交易，嘔這種氣，犯不著呀！」

「我倒不是嘔氣。」金步樓笑笑說：「我要是用私販軍火的罪名，把妳押送到李團長那兒去，妳覺得怎麼樣？」

「你說李世海？」她放肆的笑出聲來，捏了金步樓一把說：「我不稀罕他，那個滿肚皮煙膏的空殼子，他怎能跟你這種貨真價實的人相比？」

「我可不是跟妳說笑話，小金牙！」

「我也沒跟您金大爺說笑話呀！」小金牙說：「難道你是外強中乾？」

「好了，好了！」金步樓說：「我要用妳做餌，抓住侯方達，妳明白了罷？」

「算啦，」小金牙說：「我還不値那個價，姓侯的跟我非親非故，八竿子打不著，他會來救我？金大爺，您全想左啦！……咱們談談床上的交易如何？」

沒想到小金牙會來這一套，金步樓全它娘陷了下去，抓人沒抓成，反而玩起十八摸來了。摸完之後，滋味無窮，金步樓又改變了心意，——寧願賠掉那筆黑吃來的稅錢，把她給包了。

他跟她既有了皮挨皮肉套肉的交情，也就毫不隱瞞的，把他想捉住侯方達圖功的念頭，說給她聽，最後他說：

「妳是聰明人，腦瓜裏紋路多，好歹替我拿個主意怎樣？我要是升了官，妳少不了是個官太太呢！」

「好個有情有義的痲皮！」小金牙說：「我不妨說個主意給你聽，——關二吉家的小寡婦二吉嫂，她是侯家老莊的姑娘嫁過來的，侯方達跟她是親兄妹。你只要放話出

去，要強搶那個小寡婦來成親，侯方達非出面阻攔不可；他只要一來關家渡，您抓他的機會，不是來了嗎？」

「絕，絕，」金步樓說：「這真是個絕主意！大猴讓他坐板凳，——穩穩當當算他是猴兒鼈十！」嘴上這樣誇著小金牙，心眼兒裏還懷著七分的邪淫念頭，不過沒脫口說出來而已。他在關家渡渡口扛過包，對於二吉嫂的姿色，早就垂了涎的。二吉嫂是全關家渡頂尖的美人兒，扛伕們沒事評頭論足，全說她是女人當中的女人。金步樓這個邪氣十足的騷包，暗裏早就動過心，不過，當時有關二吉在，他不敢胡打歪主意罷了！

沒想在小金牙的嘴裏，探聽出她跟侯方達還是兄妹倆！鄉野的流風，小寡婦人人愛得，能搶寡婦到手，還算是椿積德的事兒——救了孤單冷落的半邊人，那麼，這二吉嫂真是一物兩用，除了自己佔便宜，還好拿她釣出侯方達這條大魚來呢！

「你不要太把算盤打得如意了，」小金牙說：「侯家出來的閨女，都有一套功夫，惹火了她，施出絕招兒來，甭瞧你横高豎大，也未必能對付得了！」

「笑話了！」金步樓拍拍腰眼的匣槍說：「女人不怕我腰裏的硬傢伙？傢伙一亮，她就乖啦！」

「你這麼大的男人，好不知羞！」小金牙說：「對付一個小寡婦，也好意思捎槍帶棍的？你少在那兒丟人現眼了罷！」

「找鄭弟來。」金步樓說。

鄭弟這個十六七歲的半椿小子來後，金步樓跟他交代說：

「鄭弟，你不用帶槍，替我到斜街關二吉家去，把那個小寡婦二吉嫂的褲子替我剝下來，告訴她，我要用用她，——她丈夫死了，她那塊田，荒也是荒著，我替她耕耕耙耙，……你敢不敢去？」

「只要您吩咐，我有甚麼不敢？」鄭弟說。

「好！」金步樓手攬著小金牙說：「殺她那隻嫩雞，根本不用我動手，我的小徒弟鄭弟就能把她剝光，」又轉朝鄭弟呶呶嘴說：「你去罷，不准帶槍，我一會兒就到，你要是連這點兒事也辦不成，當心你的屁股就是了！」

鄭弟走後，小金牙也笑了起來，指著金步樓的鼻子罵說：

「好啊！我出主意要你拿她當餌，你卻打算吃那寡婦的水豆腐，你這是在當著關家渡的唱葷戲嘛！」

「我它娘天生是個葷人，唱就唱葷戲才夠過癮，」金步樓說：「正本戲沒上之前，咱們倆先來一堂鬧臺的鑼鼓罷！……」

這邊的鬧臺鑼鼓敲得震天價響，斜街口小寡婦二吉嫂的宅子裏，鄭弟跟寡婦卻演起

鐵公雞來了。

俗說：跟甚麼人，走甚麼路，又說：甚麼樣的師傅，教甚麼樣的徒弟。鄭弟這個小小子，原本不算邪，自打跟著金大麻子混了兩年，連它娘天也敢啃了，何況乎吃寡婦的豆腐？他一踏進寡婦的門，就嘻皮笑臉的開起二吉嫂的玩笑來。

「嫂子嫂子妳好啊！」

「我怎麼不好？鄭弟。」寡婦有些詫異。

「臉色有些黃，眼圈有些黑。」鄭弟說：「敢情夜晚沒睡好，抓蓆子，鬱悶出來的！」

「沒事就請你出去，」寡婦放下臉來：「不要在這兒風言風語，小鬼頭！」

「誰說沒事來著？」

「有甚麼事？你說。」

「我師傅他想向妳借兩樣東西。」鄭弟說。

「你是說金大麻子？他要借甚麼？」

鄭弟扮了個鬼臉：

「借妳貼身穿的褲子，還有左腿右邊，右腿左邊……臍眼下邊……」這個騎驢的小馬兵正擠眉弄眼的說到得意的地方，冷不防寡婦伸手就給了他一鍋貼，打得他兩眼冒金星，寡婦打完他的耳光，又用雙手奮力一推搡，把鄭弟搡得跌坐在地上。

「那個千刀砍，萬刀殺的痲子！」她罵說。

鄭弟滾身站起來，笑嘻嘻的說：

「他痲我不痲，妳要嫌乎他，換我也一樣，——妳那東西，閒著也是閒著……」

寡婦的臉全氣得青白了，喘息著，又揮過一巴掌，這回鄭弟躲閃開去，指著她說：

「好，文借妳不借，我只好武借了！」

鄭弟一派流滑的言語，把二吉嫂激怒得潑吼起來，她氣咈咈的追逐著鄭弟罵說：

「你這個小頂炮子兒的，生瘟害汗病的挺屍鬼！你那××上還沒長毛，也敢跑來厮混你的老娘？我非叫你當街見不得人不可！」

寡婦追撲過來，鄭弟跟她一拉扯，才知道這位二吉嫂力大無窮，沒那麼簡單。他敵不過，只好跑，一跑跑到大街上，被二吉嫂一把揪住衣領，左一巴掌，右一巴掌，把北洋軍的硬帽也打落到陽溝裏去了。

寡婦邊打邊嚷說：

「左鄰右舍的，都出來評評理，我好端端坐在家裏，這個小馬兵鄭弟，——金大痲子的徒弟，無緣無故跑來羞辱我……。」

鄭弟光有挨抓挨揍的份兒，毫無還手的餘地，被打得滿頭冒火了，也罵說：

「妳這娼婦賤東西，妳敢把我怎樣？妳又不是沒脫過褲子開過懷，裝甚麼假正經？」

「好！」二吉嫂發瘋似的說：「我這就脫掉你的褲子，讓街坊鄰舍看看你有甚麼能耐？敢這樣凶横，不把人當成人看！」

「妳敢？敢脫我？」小馬兵鄭弟說。

「我有甚麼不敢？」

一向沉默文靜的小寡婦二吉嫂，這回變成另一個人了，三拳兩腳把鄭弟撂倒在地上，不是脫，是亂撕亂扯，把鄭弟的褲子硬朝下扒，鄭弟也覺得情形不妙，兩隻手死命的抓住褲腰朝上提，嘴裏用他所能想得到的葷話罵著寡婦，誰知不罵還好，越罵寡婦越瘋狂，終於喀嗤一聲，鄭弟的褲子被寡婦剝了下來，那個臉孔掙得通紅的半椿小子，這傢伙像洩了氣的皮球，不但罵不出聲，反而哭了起來。

寡婦一鬆手，他兩手捂著褲襠，低著頭直跑，四周看熱鬧的，哄哄的笑了起來，有人笑得直不起腰，有人笑得肚子疼，有人更笑得就地打滾。

寡婦取來一根竹竿，把鄭弟的長短褲子挑在竿頭上掛在門口，一言不發的進屋去了。

那邊的金大麻子做夢也沒想到，自己的徒弟當街亮相，賣了黃瓜。他跟小金牙敲罷鬧臺鑼鼓，糾合了手下的一幫子徒弟，浩浩蕩蕩的撲向斜街口，剛轉過街角，就瞅見鄭弟嚎哭著，光著屁股，一路飛奔過來，那種狼狽的光景，古之未有，金大麻子見了，也忍不住笑出聲來：

「你，你是怎麼弄的？鄭弟！」金步樓說：「你的褲子哪兒去了？」

鄭弟蹲在地上哭說：

「叫寡婦剝去了，在她門口長竿上掛著呢！」

「真是天大的笑話，」金步樓笑得咳嗆說：「走罷，我去替你要褲子去！咱們一報還一報，瞧我也把她給當街剝光，替你出口氣！」

鄭弟沒了褲子，居然也懂得羞恥，硬是蹲在地上，不肯站起來；金步樓沒辦法，說：

「那，你只好委屈點兒，先在這兒蹲著，等我討回你的褲子，著小七麻子替你送來，你穿上褲子，再去看寡婦的好戲！」

金步樓率著七八個徒弟來到斜街口，抬眼一瞅，鄭弟的褲子正挑在長竿上頭飄漾呢。寡婦二吉嫂家的兩扇黑門關得嚴嚴的，一街全是瞧熱鬧的人，笑聲使他也覺得有些難為情，他惱羞成怒的喝叫說：

「那王五，替我擂門，她既然愛吃葷的，正本葷戲就要登臺！老子非要剝掉她的褲

子，押著她，要她光著屁股在街上走三圈不可！」

門是擂了，咚咚咚地像打鼓，寡婦硬是不理睬，王五飛腳踹也踹不開，看光景，不但門上，而且加上了攔門槓子了！

「她不開門，咱門進不去，怎麼辦？」

「我有辦法，」金步樓說：「你們全替我扯開嗓門兒，用葷話戲辱她，她只要受不住，咱們就罵她一整天吧！」

他這麼一說，那些蝦兵蟹將果真葷天糊地的罵開了，罵一陣葷話，唱一陣葷曲兒。剛剛被扒光的鄭弟，又穿上褲子跑來幫腔，看熱鬧的人不敢開罪這群小鬼，全遠遠的站著，交頭接耳的議論著甚麼。

一罵罵到傍午時分，有人過來說：

「金大爺，您不用罵啦，您聽這牛角聲，——侯方達的聯莊會，業已到了河口，把關家渡圍上啦！」

金大麻子一聽，可不是牛角聲，嗚嘟嗚嘟地，在四面吹著，他立刻低聲說：

「不妙，有人給侯方達漏消息了！要不然，他們不會來得這麼快當，咱們得趕急回去抄傢伙去！」

一群奔回去抄傢伙，再一瞧，不但槍枝沒有了，連牲口也不見了，小金牙更走得不見影兒了！

「糟，」金步樓臉色灰白，頹然的說：「小金牙這個賤貨，她把咱們混世的本錢全拐走了！」

這話說過不到盞茶工夫，金步樓和他的徒弟全被侯方達給窩住了，帶到街上，他赫然發現小金牙和寡婦二吉嫂站在人群裏說話呢！

「小金牙！」金步樓恨聲的說；「我是瞎了眼，栽在妳手上了！我的槍跟驢呢？那匹小川馬呢？」

「哎唷，金大爺，」小金牙說：「你是討了便宜柴（財），燒了夾底鍋。你明知姑奶奶是幹甚麼吃的，你能在床上佔了我的便宜，姑奶奶在床下就得討回來，你那些家當，算是夜度資，於我不損，於你也不虧呀！」

「打死淫棍金大麻子！」

「吊死這幫傢伙！」

人群越來越多，齊聲鼓噪著，有人把剛剛那臺戲，告訴了侯方達，侯方達卻說：

「不要那麼血淋淋的，好不好？」

「依您該怎麼辦呢？侯大爺。」

「依我，很簡單！」侯方達說：「金步樓這傢伙，只是個淫心邪性的騷瓜，並沒殺

人放火作大惡。他不是喜歡葷戲的嗎？咱們叫他自己演一臺，——剝下他們這夥人的褲子，套在他們自己的頭上，讓他們現現原形，把他們押進縣城，送給李世海，讓他們物以類聚去罷！」他抹下臉來，跟金步樓說：「這還是寬容你，下回再逮住你們，我會剝掉你們上下兩個腦袋！」

笑話嗎？可不是笑話。

這一場曠古未有的葷戲，真的在北方演過；一群用褲子套住頭臉的傢伙，以金步樓爲首，光著屁股行船過渡走了四五十里，繞著縣城附近的村莊轉了一個圈兒。

有個老頭兒看了金步樓的貨，後來跟人說：

「無怪那傢伙騷狂，愛葷戲，那毛嘟嚕軟拖拖的行貨了，田驢見了都驚得打蹶子呢！」

笑話嗎？橫豎事過境遷了，你就拿當笑話來看，也無可厚非就是了！

國 家 圖 書 館 出 版 品 預 行 編 目 資 料

焚圖記／司馬中原著.— 初版 —
臺北市：風雲時代，2010.10
面；　公分

ISBN 978-986-146-710-8 (平裝)

857.63　　　　99016684

焚圖記

作　　者：司馬中原
出 版 者：風雲時代出版股份有限公司
出 版 所：風雲時代出版股份有限公司
地　　址：105台北市民生東路五段178號7樓之3
風雲書網：http://www.eastbooks.com.tw
官方部落格：http://eastbooks.pixnet.net/blog
信　　箱：h7560949@ms15.hinet.net
服務專線：(02)27560949
郵撥帳號：12043291
執行主編：朱墨菲
美術編輯：芷姍

法律顧問：永然法律事務所　李永然律師
　　　　　北辰著作權事務所　蕭雄淋律師
版權授權：司馬中原
初版日期：2010年11月

ISBN：978-986-146-710-8

總 經 銷：成信文化事業股份有限公司
地　　址：台北縣新店市中正路四維巷二弄2號4樓
電　　話：(02)2219-2080

行政院新聞局局版台業字第3595號
營利事業統一編號22759935

定 價：220元